biblioteca borges

coordenação editorial
davi arrigucci jr.
heloisa jahn
jorge schwartz
maria emília bender

história da eternidade

(1936) jorge luis borges

tradução heloisa jahn

COMPANHIA DAS LETRAS

obra editada no âmbito do Programa "Sur" de Apoio a Traduções do Ministério das Relações Exteriores, Comércio Internacional e Culto da República Argentina.

grafia atualizada segundo o Acordo Ortográfico da Língua Portuguesa de 1990, que entrou em vigor no Brasil em 2009.

título original
historia de la eternidad (1936)

capa e projeto gráfico
warrakloureiro

foto página 1
© ferdinando scianna/ magnum photos/ latinstock

preparação
márcia copola

revisão
isabel jorge cury
carmen s. da costa

Dados Internacionais de Catalogação na Publicação (CIP)
(Câmara Brasileira do Livro, SP, Brasil)

Borges, Jorge Luis, 1899-1986.
História da eternidade (1936) / Jorge Luis Borges ; tradução Heloisa Jahn. — São Paulo: Companhia das Letras, 2010.

Título original: Historia de la eternidad.
ISBN 978-85-359-1724-6

1. Ensaios argentinos I. Título.

10-07763 CDD-ar864.4

Índices para catálogo sistemático:
1. Ensaios: Século 20 : Literatura argentina ar864.4
2. Século 20: Ensaios : Literatura argentina ar864.4

[2010]
todos os direitos desta edição reservados à
EDITORA SCHWARCZ LTDA.
rua Bandeira Paulista 702 cj. 32
04532-002 – São Paulo – SP
telefone (11) 3707-3500
fax (11) 3707-3501
www.companhiadasletras.com.br

... Supplementum Livii; Historia infinita
temporis atque aeternitatis...
QUEVEDO: *Perinola*, 1632

... nor promise that they would become in general,
by learning criticism, more useful, happier, or wiser.
JOHNSON: *Preface to Shakespeare*, 1765

prólogo

Pouco direi da singular "história da eternidade" que dá nome a estas páginas. Para começar, falo da filosofia platônica; num trabalho que pretendia ter rigor cronológico, teria sido mais sensato partir dos hexâmetros de Parmênides ("nunca foi nem será, porque é"). Não sei como pude comparar as formas de Platão a "imóveis peças de museu" e como não entendi, ao ler Schopenhauer e Erígena, que elas são vivas, poderosas e orgânicas. O movimento, ocupação de diferentes locais em diferentes instantes, é inconcebível sem tempo; é-o igualmente a imobilidade, ocupação de um mesmo local em diferentes pontos do tempo. Como pude não perceber que a eternidade, a que tantos poetas aspiram com amor, é um artifício esplêndido que nos liberta, nem que seja fugazmente, da intolerável opressão do sucessivo?

Acrescentei dois artigos que complementam ou retificam o texto: "A metáfora", de 1952, "O tempo circular", de 1943.

O improvável ou quiçá inexistente leitor de "As kenningar" pode consultar o manual *Literaturas germânicas medievais*, que escrevi com María Esther Vázquez.

Não quero deixar de mencionar duas aplicadas monografias: *Die Kenningar der Skalden*, Leipzig, 1921, de Rudolf Meissner, e *Die Altenglischen Kenningar*, Hale, 1938, de Herta Marquardt.

"A aproximação a Almotásim" é de 1935; há pouco li *The Sacred Fount* (1901), cujo argumento geral talvez seja análogo. O narrador, no delicado romance de James, indaga se B sofre a influência de A ou de C; em "A aproximação a Almotásim" ele pressente ou adivinha por meio de B a remotíssima existência de Z, a quem B não conhece.

O mérito ou a culpa da ressurreição destas páginas não caberá certamente a meu *karma*, mas ao de meu generoso e insistente amigo José Edmundo Clemente.

J. L. B.

história da eternidade

I

No trecho das *Enéadas* cujo objetivo é interrogar e definir a natureza do tempo, afirma-se que é indispensável conhecer previamente a eternidade, que — como todos sabem — é o modelo e o arquétipo daquele. Essa advertência preliminar, tanto mais grave se acreditamos que é sincera, parece aniquilar toda esperança de que nos entendamos com o homem que a escreveu. O tempo para nós é um problema, um problema trepidante e exigente, talvez o mais vital da metafísica; a eternidade, um jogo ou uma fatigada esperança. Lemos no *Timeu* de Platão que o tempo é uma imagem móvel da eternidade; e isso não passa de uma consonância que não demove ninguém da convicção de que a eternidade é uma imagem feita com substância de tempo. Essa imagem, essa palavra tosca enriquecida pelos desentendimentos humanos, é o que me proponho historiar.

Invertendo o método de Plotino (único modo de utilizá-lo), começarei inventariando as obscuridades inerentes ao tempo: mistério metafísico, natural, que deve preceder a eternidade, que é filha dos homens. Uma dessas obscuridades, não a mais difícil mas tampouco a menos bela, é a que nos impede de estabelecer a direção do tempo. Que ele vai do passado para o futuro é a crença mais comum, mas a crença oposta não é mais ilógica — a que foi fixada em verso espanhol por Miguel de Unamuno:

Noturno o rio das horas flui
do manancial que é o amanhã
eterno...[1]

Ambas são igualmente verossímeis — e igualmente inverificáveis. Bradley nega as duas e oferece uma hipótese pessoal: excluir o futuro, que é uma mera construção de nossa esperança, e reduzir o "atual" à agonia do momento presente desintegrando-se no passado. Essa regressão temporal costuma corresponder aos estados declinantes ou insípidos, enquanto toda e qualquer intensidade nos dá a impressão de avançar para o futuro... Bradley nega o futuro; uma das escolas filosóficas da Índia nega o presente, por considerá-lo inapreensível. "A laranja está a ponto de cair do galho, ou já está no chão", afirmam esses estranhos simplificadores. "Ninguém a vê cair."

O tempo propõe outras dificuldades. Uma delas, talvez a maior, a de sincronizar o tempo individual de cada pessoa com o tempo geral da matemática, foi amplamente alardeada pelo recente alarme relativista, e todos se lembram dela — ou pelo menos se lembram de lembrar-se dela até há bem pouco tempo. (Eu a retomo assim, deformando-a: Se o tempo é um processo mental,

1 O conceito escolástico do tempo como a fluência do potencial no atual é afim a essa ideia. Cf. os objetos eternos de Whitehead, que constituem o "reino da possibilidade" e ingressam no tempo.

como é possível que milhares de homens o partilhem, ou mesmo dois homens diferentes?) Outra é a destinada pelos eleatas à refutação do movimento. Essa pode ser resumida nestas palavras: "É impossível que em oitocentos anos de tempo transcorra um período de catorze minutos, porque primeiro é indispensável que tenham se passado sete, e antes de sete, três minutos e meio, e antes de três e meio, um minuto e três quartos, e assim infinitamente, de modo que os catorze minutos nunca se completam". Russell rebate esse argumento afirmando a realidade e mesmo a vulgaridade dos números infinitos, que se dão de uma vez só, por definição, e não como termo "final" de um processo enumerativo sem fim. Esses algarismos anormais de Russell são uma boa antecipação da eternidade, que também não é possível definir pela enumeração de suas partes.

Nenhuma das diversas eternidades planejadas pelos homens — a do nominalismo, a de Irineu, a de Platão — é uma adição mecânica de passado, presente e futuro. Trata-se de algo mais simples e mais mágico: a simultaneidade desses tempos. A linguagem comum e aquele dicionário assombroso *dont chaque édition fait regretter la précédente* parecem ignorá-lo, mas assim a pensaram os metafísicos. "Os objetos da alma são sucessivos, agora Sócrates e depois um cavalo — leio no quinto livro das *Enéadas* —, sempre uma coisa isolada que se concebe e milhares que se perdem; mas a Inteligência Divina abarca todas as coisas conjuntamente. O passado está em seu presente, bem como o futuro. Nada transcorre neste mundo, no qual persistem todas as coisas, quietas na felicidade de sua condição."

Passo a considerar essa eternidade, da qual derivaram as subsequentes. É verdade que Platão não a inaugura — num livro especial, ele fala dos "antigos e sagrados filósofos" que o precederam —, mas amplia e resume majestosamente tudo o que os anteriores imaginaram. Deussen o compara com o ocaso: a luz apaixonada e final. Todas as concepções gregas de eternidade convergem em seus livros, ora repelidas, ora tragicamente engalanadas. Por isso faço com que preceda Irineu, que ordena a segunda eternidade: a coroada pelas três pessoas diferentes mas inextricáveis.

Afirma Plotino com notório fervor: "Tudo o que existe no céu inteligível também é céu, e lá a terra é céu, como também são céu os animais, as plantas, os varões e o mar. Eles têm diante de si o espetáculo de um mundo que não foi engendrado. Cada um deles se vê nos outros. Tudo nesse reino é diáfano. Nada é impenetrável, nada é opaco e a luz encontra a luz. Todos estão em toda parte, e tudo é tudo. Cada coisa é todas as coisas. O sol é todas as estrelas, e cada estrela é todas as estrelas e o sol. Ninguém ali anda como se estivesse num país estrangeiro". Esse universo unânime, essa apoteose da assimilação e do intercâmbio, ainda não é a eternidade; é um céu limítrofe, não inteiramente emancipado do número e do espaço. Esta passagem do quinto livro quer exortar à contemplação da eternidade, ao mundo das formas universais: "Que os homens que se encantam com este mundo — com sua capacidade, sua beleza, com a ordem de seu movimento contínuo, com os deuses manifestos ou invisíveis que o percorrem, com os demônios, as árvores e os animais — elevem o pensamento a essa Realidade da qual tudo é cópia. Ali verão as formas inteligíveis, não com eternidade emprestada e sim eternas, e verão também seu comandante, a Inteligência pura, e a Sabedoria inatingível, e a idade genuína de Cronos, cujo nome é a Plenitude. Todas as coisas imortais estão nele. Todos os intelectos, todos os deuses e todas as almas. Todos os lugares lhe são presentes: para onde irá? Está plenamente feliz: para que experimentar mudança e vicissitude? No início não teve necessidade desse estado e depois o adquiriu. Numa única eternidade as coisas são suas: naquela eternidade que o tempo arremeda quando gira ao redor da alma, sempre desertor de um passado, sempre almejando um futuro".

As repetidas afirmações de pluralidade presentes nos parágrafos anteriores podem induzir-nos a erro. O universo ideal a que nos convida Plotino é menos estudioso de variedade que de plenitude; é um repertório seleto, que não tolera a repetição e o pleonasmo. É o imóvel e terrível museu dos arquétipos platônicos. Não sei se foi contemplado por olhos mortais (fora da intuição visionária ou do pesadelo) nem se o grego remoto que o idealizou chegou a representá-lo para si mesmo, mas nele pressinto alguma coisa de museu: quieto, monstruoso e classificado... Trata-se de uma imaginação pessoal de que o leitor pode prescindir; não convém, contudo, que prescinda de alguma informação geral sobre esses arquétipos platônicos, ou causas primordiais ou ideias, que povoam e compõem a eternidade.

É impossível, aqui, uma discussão meticulosa do sistema platônico, mas não certas observações de intenção propedêutica. Para nós, a última e firme realidade das coisas é a matéria — os elétrons giratórios que percorrem distâncias estelares na solidão dos átomos; para os que são capazes de platonizar, é a espécie, a forma. No livro terceiro das *Enéadas*, lemos que a matéria é irreal: uma mera e oca passividade que recebe as formas universais assim como as receberia um espelho; elas a agitam e povoam sem alterá-la. Sua plenitude é precisamente a de um espelho, que parece estar cheio e está vazio; é um fantasma que nem sequer desaparece, porque não tem nem mesmo a capacidade de cessar. O fundamental são as formas. Delas, repetindo Plotino, disse Pedro Malón de Chaide muito mais tarde: "Deus age como se possuísseis um selo oitavado de ouro que numa face tivesse um leão esculpido; noutra, um cavalo; noutra, uma águia, e assim por diante; e num pedaço de cera imprimísseis o leão; noutro, a águia; noutro, o cavalo; é certo que tudo o que está na cera está no ouro, e só podeis imprimir o que ali tendes esculpido. Mas há uma diferença: que o que está na cera afinal é cera, e pouco vale; mas o que está no ouro é ouro, e vale muito. Nas criaturas estão essas perfeições finitas e de pouco valor; em Deus elas são de ouro, são Deus propriamente dito". Disso é possível inferir que a matéria é nada.

Consideramos esse critério um mau critério, aliás inconcebível, e mesmo assim o aplicamos continuamente. Um capítulo de Schopenhauer não é o papel nas gráficas de Leipzig, não é a impressão, nem as delicadezas e perfis da escrita gótica, nem a enumeração dos sons que o formam e nem sequer a opinião que temos dele; Miriam Hopkins é composta de Miriam Hopkins, não dos princípios nitrogenados ou minerais, dos hidratos de carbono, alcaloides e gorduras neutras que constituem a substância transitória desse fino espectro de dinheiro ou essência inteligível de Hollywood. Essas ilustrações ou sofismas de boa vontade podem exortar-nos a tolerar a tese platônica. Vamos formulá-la assim: "*Os indivíduos e as coisas existem enquanto participam da espécie que os inclui, que é sua realidade permanente*". Vou atrás do exemplo mais propício: o de um pássaro. O hábito de formar bandos, a pequena dimensão, a identidade de características, a antiga conexão com os dois crepúsculos, o do início dos dias e o de seu término, a circunstância de que são mais frequentes ao ouvido do que à visão — tudo isso nos leva a admitir a primazia da espécie e a quase perfeita nulidade dos indivíduos.[2] Keats, isento de erro, pode acreditar que o rouxinol que o fascina é o mesmo ouvido por Ruth nos trigais de Belém de Judá; Stevenson erige um único pássaro que consome os séculos: *o rouxinol devorador do tempo*. Schopenhauer, o apaixonado e lúcido Schopenhauer, contribui com uma razão: a pura atualidade corporal em que vivem os animais, seu desconhecimento da morte e das lembranças. E em seguida acrescenta, não sem um sorriso: "Aquele que me ouvir afirmar que o gato cinzento que brinca no pátio neste momento é o mesmo que há quinhentos anos brincava e fazia travessuras pode pensar de mim o que quiser, mas loucura ainda mais estranha é imaginar que fundamentalmente é outro". E depois: "A destino e vida de leões aspira a leonidade que, considerada no tempo, é um leão imortal que se mantém mediante a infinita reposição dos indivíduos, cuja geração e cuja morte são o pulso dessa figura imorredoura". E antes: "Uma infinita dura-

2 Vivo, filho de Desperto, o improvável Robinson metafísico do romance de Abubeker Abentofail, resigna-se a comer as frutas e os peixes que abundam em sua ilha, sempre atento para que nenhuma espécie se extinga e o universo fique empobrecido por culpa dele.

ção precedeu meu nascimento. O que fui, enquanto isso? Metafisicamente talvez eu pudesse responder-me: 'Sempre fui eu; ou seja, todos os que disseram eu nesse lapso de tempo eram justamente eu'".

Suponho que a eterna Leonidade possa ser aprovada por meu leitor, que sentirá um alívio majestoso diante desse único Leão, multiplicado nos espelhos do tempo. Não espero o mesmo quanto ao conceito de eterna Humanidade: sei que nosso eu o repele, e que prefere derramá-lo sem medo sobre o eu dos outros. Mau sinal: Platão nos propõe formas universais muito mais árduas. Por exemplo, a Mesidade, ou Mesa Inteligível que está nos céus: arquétipo quadrúpede que perseguem, condenados à fantasia e à frustração, todos os marceneiros do mundo. (Não posso negá-la inteiramente: sem uma mesa ideal, não teríamos chegado a mesas concretas.) Por exemplo, a Triangularidade: eminente polígono de três lados que não está no espaço e não quer rebaixar-se a equilátero, escaleno ou isósceles. (Tampouco o repudio; é o das cartilhas de geometria.) Por exemplo: a Necessidade, a Razão, a Postergação, a Relação, a Consideração, o Tamanho, a Ordem, a Lentidão, a Posição, a Declaração, a Desordem. Sobre essas comodidades do pensamento elevadas a formas já não sei o que opinar; acredito que nenhum homem será capaz de intuí-las sem o auxílio da morte, da febre ou da loucura. Já ia esquecendo outro arquétipo que engloba e exalta todos esses: a eternidade, cuja cópia despedaçada é o tempo.

Ignoro se meu leitor necessita de argumentos para descrer da doutrina platônica. Posso oferecer-lhe muitos; um deles é a incompatível agregação de vozes genéricas e de vozes abstratas que coabitam *sans gêne* na dotação do mundo arquetípico; outro, a reserva de seu inventor quanto ao procedimento adotado pelas coisas para participar das formas universais; outro, a conjectura de que esses mesmos arquétipos assépticos carecem de mistura e variedade. Não é que eles sejam insolúveis: são tão confusos quanto as criaturas do tempo. Fabricados à imagem das criaturas, repetem as mesmas anomalias que pretendem resolver. A Leonidade, digamos: como poderia prescindir da Altivez e da Ruividade, da Jubez e do Garrismo? Não há resposta possível para essa pergunta, nem pode haver: não esperemos do termo *leonidade* uma virtude muito superior à que a palavra possui sem o sufixo.[3]

Volto à eternidade de Plotino. O quinto livro das *Enéadas* inclui um inventário muito genérico das peças que a compõem. A Justiça ali está, bem como os Números (até

3 Não quero dispensar o platonismo (que me parece glacial) sem comunicar a seguinte observação, na esperança de que a prossigam e justifiquem: "O genérico pode ser mais intenso do que o concreto". Casos ilustrativos não faltam. Quando eu era criança, durante as férias no norte da província, a planície circular e os homens que tomavam mate na cozinha me interessaram, mas minha felicidade foi terrível quando soube que aquela circunferência se chamava "pampa" e aqueles homens eram "*gauchos*". É como o imaginoso que se apaixona: O genérico (o repetido nome, o tipo, a pátria, o destino adorável que lhe atribui) prima sobre os traços individuais, *tolerados graças ao que antecede.*

O exemplo extremo, daquele que se apaixona por ouvir dizer, é muito comum nas literaturas persa e árabe. Ouvir a descrição de uma rainha — a cabeleira que lembra as noites da separação e da emigração, mas o rosto que é um puro dia de delícia, os peitos como esferas de marfim que fornecem luz às luas, o porte que envergonha os antílopes e provoca o desespero dos salgueiros, as generosas ancas que não a deixam permanecer em pé, os pés estreitos como uma ponta de lança — e apaixonar-se por ela até a placidez e a morte é um dos temas tradicionais d'*As mil e uma noites.* Leia-se a história de Badrbasim, filho de Xarimã, ou a de Ibrahim e Jamila.

qual?) e as Virtudes e os Atos e o Movimento, mas não os erros e as ofensas, que são doenças de uma matéria moldada numa Forma. A Música está ali não enquanto melodia, mas enquanto Harmonia e Ritmo. Não há arquétipos da patologia e da agricultura, pois não são necessários. Ficam excluídas igualmente a fazenda, a estratégia, a retórica e a arte de governar — embora, no tempo, derivem até certo ponto da Beleza e do Número. Não há indivíduos, não há uma forma primordial de Sócrates nem sequer de Homem Alto ou de Imperador; há, de um modo geral, o Homem. Em compensação, todas as figuras geométricas estão ali. Das cores, só estão as primárias: não há Cinzento nem Púrpura nem Verde nessa eternidade. Em ordem ascendente, seus arquétipos mais antigos são estes: a Diferença, a Igualdade, a Moção, a Quietude e o Ser.

Examinamos uma eternidade que é mais pobre do que o mundo. Resta ver de que forma ela foi adotada por nossa igreja, que lhe confiou um caudal superior a tudo o que os anos transportam.

II

O melhor documento da primeira eternidade é o quinto livro das *Enéadas*; o da segunda ou cristã, o décimo primeiro livro das *Confissões* de Santo Agostinho. A primeira não pode ser concebida fora da tese platônica; a segunda, sem o mistério profissional da Trindade e sem as discussões suscitadas por predestinação e reprovação. Quinhentas páginas in-fólio não esgotariam o tema: espero que estas duas ou três in-oitavo não pareçam excessivas.

Podemos afirmar, com suficiente margem de erro, que "nossa" eternidade foi decretada poucos anos depois da doença intestinal crônica que matou Marco Aurélio, e que o lugar desse vertiginoso mandato foi o precipício de Fourvière, antes denominado *Forum vetus*, hoje célebre devido ao funicular e à basílica. Não obstante a autoridade de quem a ordenou — o bispo Irineu —, essa eternidade coercitiva foi muito mais do que um inútil paramento sacerdotal ou um luxo eclesiástico: foi uma resolução e uma arma. O Verbo é engendrado pelo Pai, o Espírito Santo é produzido pelo Pai e pelo Verbo; os gnósticos costumavam inferir dessas duas operações incontestáveis que o Pai era anterior ao Verbo, e os dois ao Espírito. Essa inferência dissolvia a Trindade. Irineu explicou que o duplo processo — geração do Filho pelo Pai, emissão do Espírito pelos dois — não se deu no tempo, mas esgota de uma só vez o passado, o presente e o futuro. A explicação prevaleceu e hoje é dogma. Assim foi promulgada a eternidade, antes apenas consentida à sombra de algum desautorizado texto platônico. A boa conexão e distinção das três hipóstases do Senhor é, hoje, um problema inverossímil, e essa futilidade parece contaminar a resposta; mas não resta dúvida quanto à grandeza do resultado, nem que seja para alimentar a esperança: *Aeternitas est merum hodie, est immediata et lucida fruitio rerum infinitarum.* Nem quanto à importância emocional e polêmica da Trindade.

Hoje os católicos laicos a veem como um corpo colegiado infinitamente correto, mas também infinitamente tedioso; os *liberais*, como um inútil cérbero teológico, uma superstição que os muitos avanços da República logo se encarregarão de abolir. A Trindade, claro está, vai além dessas fórmulas. Imaginada num repente, sua concepção de um pai, um filho e um espectro articulados num só organismo parece um caso de teratologia intelectual, uma deformação que só o horror de um pesadelo foi capaz de parir. O inferno não passa de violência física, mas as três inextricáveis Personas configuram um horror intelectual, um infinito sufocado, especioso, que lembra o de espelhos opostos. Dante quis representá-las com o signo de uma superposição de círculos diáfanos, de cores diferentes; Donne, com o de complicadas serpentes, esplêndidas e indissolúveis. *Toto coruscat trinitas mysterio*, escreveu são Paulino, "Fulge em pleno mistério a Trindade".

Desligada do conceito de redenção, a distinção das três Personas numa só pode parecer arbitrária. Considerada como uma necessidade da fé, seu mistério fundamental não se ameniza, mas afloram sua intenção e sua utilidade. Entendemos que renunciar à Trindade — pelo menos à Dualidade — é transformar Jesus em delegado ocasional do Senhor, em incidente da história, não mais auditor *imperecível*, contínuo, de nossa devoção. Se o Filho não é ao mesmo tempo o Pai, a redenção não é obra divina direta; se ele não é eterno, tampouco o será o sacrifício de ter se rebaixado a homem e ter morrido na cruz. "Nada menos que uma infinita excelência foi capaz de recuperar uma alma perdida para infinitas idades", afirmou Jeremias Taylor. Desse modo é possível justificar o dogma, embora os conceitos da geração do Filho pelo Pai e da procedência do Espírito de ambos continuem insinuando uma prioridade, sem contar sua culposa condição de simples metáforas. A teologia, empenhada em diferenciá-las, decide que não há motivo para confusão, uma vez que o resultado de uma é o Filho, e o da outra é o Espírito. Geração eterna do Filho, procedência eterna do Espírito, é a fantástica decisão de Irineu: invenção de um ato sem tempo, de um mutilado *zeitloses Zeitwort*, que podemos descartar ou venerar, mas não discutir. Assim Irineu se propôs salvar o monstro, e conseguiu. Sabemos que era inimigo dos filósofos; apropriar-se de uma de suas armas e voltá-la contra eles deve ter lhe causado um belicoso prazer.

Para o cristão, o primeiro segundo do tempo coincide com o primeiro segundo da Criação — fato que nos poupa do espetáculo (reconstruído recentemente por Valéry) de um Deus vadio que dá voltas durante séculos perdidos na eternidade "anterior". Emanuel Swedenborg (*Vera christiana religio*, 1771) viu nos confins do orbe espiritual uma estátua alucinatória pela qual creem ser devorados todos aqueles *que deliberam insensata e esterilmente sobre a condição do Senhor antes de criar o mundo.*

Desde o momento em que foi inaugurada por Irineu, a eternidade cristã começou a diferir da alexandrina. Depois de ser um mundo à parte, acabou aceitando ser um dos dezenove atributos da mente de Deus. Entregues à veneração popular, os arquétipos ofereciam o perigo de transformar-se em divindades ou em anjos; consequentemente, sua realidade — sempre maior que a das meras criaturas — não foi negada, mas eles ficaram reduzidos a ideias eternas no Verbo criador. A esse conceito dos *universalia ante res* vem dar Alberto Magno: considera-os eternos e anteriores às coisas da Criação, mas somente à maneira de inspirações ou formas. Trata aplicadamente de separá-los dos *universalia in rebus*, que são as mesmas concepções divinas já concretizadas diversamente no tempo, e — principalmente — dos *universalia post res*, que são as concepções redescobertas pelo pensamento indutivo. As temporais se distinguem das divinas no fato de que carecem de eficácia criadora, mas em nada além disso; a suspeita de que as categorias de Deus podem não ser exatamente as do latim não cabe na escolástica... Mas percebo que estou me adiantando.

Os manuais de teologia não examinam a eternidade com dedicação especial. Limitam-se a prevenir que ela é a intuição contemporânea e total de todas as frações do tempo, e a perturbar, atrás de fraudulentas confirmações, as Escrituras hebraicas, onde parece que o Espírito Santo disse muito mal o que bem diz o comentador. Com esse objetivo, costumam acenar a seguinte declaração de ilustre desdém ou mera longevidade: "Um dia para o Senhor é como mil anos, e mil anos são como um dia", ou as grandes palavras ouvidas por Moisés e que são o nome de Deus: "Eu sou Aquele que É", ou as ouvidas por são João, o Teólogo em Patmos, antes e depois do mar de vidro e da besta rubra e dos pássaros que comem carne de capitão: "Eu sou o A e o Z, o princípio e o fim".[4] Costumam ainda copiar esta definição de Boécio (concebida na prisão, talvez às vésperas da morte pela espada): *Aeternitas est in-*

4 A noção de que o tempo dos homens não é comensurável com o de Deus se destaca numa das tradições islâmicas do ciclo do *miraj*. Sabe-se que o Profeta foi transportado pelos ares até o sétimo céu pela resplandecente égua Alburak, e que em cada um dos céus conversou com os patriarcas e anjos que os habitam, e que cruzou a Unidade e sentiu um frio que gelou seu coração quando a mão do Senhor lhe aplicou uma palmadinha no ombro. O casco de Alburak, ao deixar a terra, derrubou uma jarra cheia de água; quando voltou, o Profeta ergueu a jarra e nem uma só gota se derramara.

terminabilis vitae tota et perfecta possessio, e que prefiro na quase voluptuosa repetição de Hans Lassen Martensen: *Aeternitas est merum hodie, est immediata et lucida fruitio rerum infinitarum*. Em compensação parecem desdenhar aquele obscuro juramento do anjo que estava em pé sobre o mar e sobre a terra (Revelação, X, 6): "e jurou por Aquele que viverá para sempre, que criou o céu e as coisas que nele estão, e a terra e as coisas que nela estão, e o mar e as coisas que nele estão, que o tempo deixará de ser". É verdade que *tempo* nesse versículo deve equivaler a *demora*.

A eternidade ficou como atributo da ilimitada mente de Deus, e é bem sabido que gerações de teólogos foram trabalhando essa mente a sua imagem e semelhança. Nenhum estímulo tão vivo quanto o debate da predestinação *ab aeterno*. Quatrocentos anos depois da Cruz, o monge inglês Pelágio cometeu o escândalo de pensar que os inocentes que morrem sem batismo atingem a glória.[5] Agostinho, bispo de Hipona, refutou essa ideia com uma indignação que seus editores aclamam. Apontou as heresias da doutrina, rejeitada tanto pelos justos como pelos mártires: sua negação de que no homem Adão todos os homens já cometeram pecado e pereceram, sua omissão abominável de que essa morte é transmitida de pai para filho por intermédio da geração carnal, seu menosprezo pelo suor sanguinolento, pela agonia sobrenatural e pelo brado d'Aquele que morreu na cruz, sua aversão aos secretos favores do Espírito

5 Jesus Cristo dissera: "Deixai vir a mim as criancinhas"; Pelágio foi acusado, naturalmente, de se interpor entre as crianças e Jesus, entregando-as desse modo ao inferno. Seu nome, tal como o de Atanásio (Satanásio), permitia o trocadilho; todos disseram que Pelágio (*Pelagius*) só podia ser um pélago (*pelagus*) de maldades.

Santo, sua restrição à liberdade do Senhor. O bretão tivera o atrevimento de invocar a justiça; o Santo — sempre sensacional e forense — admite que por justiça todos nós, homens, merecemos o fogo sem perdão, mas que Deus decidiu salvar alguns *conforme seu inescrutável arbítrio* ou, como diria Calvino muito depois, não sem brutalidade: *porque quis* (*quia voluit*). Esses são os predestinados. A hipocrisia ou o pudor dos teólogos reservou o uso dessa palavra para os predestinados ao céu. Impossível haver predestinados ao tormento: é verdade que os não favorecidos vão para o fogo eterno, mas se trata de uma preterição do Senhor, e não de um ato especial... Esse recurso renovou a concepção da eternidade.

Gerações de homens idólatras habitaram a terra sem ocasião de recusar ou de abraçar a palavra de Deus; era tão insolente imaginar que pudessem salvar-se sem esse recurso quanto negar que alguns de seus varões, de reconhecida virtude, seriam excluídos da glória. (Zwingli, 1523, manifestou sua esperança pessoal de partilhar o céu com Hércules, Teseu, Sócrates, Aristides, Aristóteles e Sêneca.) Uma ampliação do nono atributo do Senhor (que é o da onisciência) bastou para conjurar a dificuldade. Foi promulgado que ela exigia o conhecimento de todas as coisas: ou seja, não apenas das reais, como também das possíveis. Procurou-se um trecho das Escrituras que permitisse esse complemento infinito e encontraram-se dois: um é o do primeiro Livro dos Reis, quando o Senhor diz a Davi que os homens de Kenlah vão entregá-lo se ele não partir da cidade, e ele parte; outro, o do Evangelho segundo Mateus, que impreca contra duas cidades: "Ai de ti, Corazim!, Ai de ti, Betsaida! porque, se em Tiro e em

Sídon tivessem sido feitos os milagres que se realizaram em vós, há muito tempo que elas teriam feito penitência em cilício e em cinza". Com esse repetido apoio, os modos potenciais do verbo puderam ingressar na eternidade: Hércules convive no céu com Ulrich Zwingli porque Deus sabe que ele teria observado o ano eclesiástico; a Hidra de Lerna fica relegada às trevas exteriores porque lhe consta que ela teria rechaçado o batismo. Quanto a nós, percebemos os fatos reais e imaginamos os possíveis (e os futuros); no Senhor não faz sentido essa distinção, que pertence ao desconhecimento e ao tempo. Sua eternidade registra de uma só vez (*uno intelligendi actu*) não apenas todos os instantes deste mundo repleto, como os que teriam seu lugar se o mais evanescente deles mudasse — e os impossíveis também. Sua eternidade combinatória e pontual é muito mais copiosa do que o universo.

Diferentemente das eternidades platônicas, cujo maior risco é a insipidez, esta corre o risco de parecer-se com as últimas páginas do *Ulisses*, bem como com o capítulo anterior, o do enorme interrogatório. Um majestoso escrúpulo de Agostinho moderou essa prolixidade. Sua doutrina, pelo menos verbalmente, repele a condenação; o Senhor dedica toda a sua atenção aos eleitos e deixa os réprobos de lado. Ele tudo sabe, mas prefere atentar para as vidas virtuosas. João Escoto Erígena, mestre palatino de Carlos, o Calvo, deformou gloriosamente essa ideia. Pregou um Deus indeterminável; ensinou um mundo de arquétipos platônicos; ensinou um Deus que não percebe o pecado nem as formas do mal; ensinou a deificação, a reversão final das criaturas (inclusive o tempo e o demônio), a unidade primeira de Deus. *Divina bonitas consum-*

mabit malitiam, aeterna vita absorbebit mortem, beatitudo miseriam. Essa eternidade mista (que, diferentemente das eternidades platônicas, inclui os destinos individuais; que, diferentemente da instituição ortodoxa, repele toda imperfeição e miséria) foi condenada pelo sínodo de Valência e pelo de Langres. *De divisione naturae, libri* V, a obra controvertida que a pregava, ardeu na fogueira pública. Acertada medida que despertou o favor dos bibliófilos e permitiu que o livro de Erígena chegasse até nós.

O universo requer a eternidade. Os teólogos não ignoram que, se a atenção do Senhor se desviasse um único segundo de minha mão destra que escreve, esta tornaria a cair no nada, como se tivesse sido fulminada por um fogo sem luz. Por isso afirmam que a conservação deste mundo é uma perpétua criação e que os verbos *conservar* e *criar*, tão antagônicos aqui, são sinônimos no Céu.

III

Até aqui, em sua ordem cronológica, a história geral da eternidade. Ou melhor, das eternidades, visto que o desejo humano sonhou dois sonhos sucessivos e antagônicos com esse nome: um, o realista, que aspira com estranho amor aos quietos arquétipos das criaturas; outro, o nominalista, que nega a verdade dos arquétipos e quer congregar num segundo os detalhes do universo. Aquele se baseia no realismo, doutrina tão distante de nosso ser que não posso crer em nenhuma das suas interpretações, nem mesmo na minha; este em seu adversário, o nominalismo, que afirma a verdade dos indivíduos e o convencional dos gêneros. Hoje, semelhantemente ao espontâneo e destrambelhado prosador da comédia, todos praticamos o nominalismo *sans le savoir*: é uma espécie de premissa geral de nosso pensamento, um axioma adquirido. Donde a inutilidade de comentá-lo.

Até aqui, em sua ordem cronológica, o desenvolvimento debatido e curial da eternidade. Homens remotos, homens barbados e mitrados a conceberam, publicamente para confundir heresias e vingar a distinção das três Personas em uma, secretamente para conter de alguma maneira o curso das horas. "Viver é perder tempo: não é possível recuperar ou guardar coisa alguma se não for sob a forma de eternidade", leio no espanhol emersonizado Jorge Santayana. Ao que basta sobrepor aquela terrível afirmação de Lucrécio, sobre a falácia do coito: "Como o sedento que em sonhos quer beber e esgota formas de água que não o saciam e perece inflamado pela sede no meio de um rio: assim Vênus engana os amantes com simulacros, e a visão de um corpo não acalma o desejo deles, e nada podem desprender ou guardar, embora as mãos indecisas e mútuas percorram o corpo inteiro. No fim, quando nos corpos há presságio de alegrias e Vênus está a ponto de semear os campos da mulher, os amantes se apertam com ansiedade, dente amoroso contra dente; completamente em vão, já que não conseguem perder-se um no outro nem ser um mesmo ser". Os arquétipos e a eternidade — duas palavras — prometem possessões mais firmes. A verdade é que a sucessão é uma desgraça intolerável e que os apetites magnânimos cobiçam todos os minutos do tempo e toda a variedade do espaço.

É sabido que a identidade pessoal está situada na memória e que a anulação dessa faculdade comporta a idiotia. Cabe pensar o mesmo do universo. Sem uma eternidade, sem um espelho delicado e secreto do que passou pelas almas, a história universal é tempo perdido, e nela nossa história pessoal — ideia que nos assombra incomodamente. O disco gramofônico do Berliner e o perspícuo cinematógrafo não bastam, meras imagens de imagens, ídolos de outros ídolos. A eternidade é uma invenção mais copiosa. É verdade que é impossível concebê-la, mas conceber o humilde tempo sucessivo também o é. Negar a eternidade, supor a vasta aniquilação dos anos impregnados de cidades, de rios e de júbilos não é menos incrível do que imaginar sua completa preservação.

Como foi encetada a eternidade? Santo Agostinho ignora o problema, mas aponta para um fato que parece permitir uma solução: os elementos de passado e de futuro que há em todo presente. Invoca um caso determinado: a rememoração de um poema. "Antes de começar, o poema está em minha antecipação; nem bem o acabo, na minha memória; mas, enquanto o digo, se espicha na memória, devido ao que eu já disse; na antecipação, devido ao que me falta dizer. Aquilo que acontece com a totalidade do poema, acontece com cada verso e com cada sílaba. O mesmo afirmo da ação mais ampla de que o poema faz parte, e do destino individual, que é composto de uma série de ações, e da humanidade, que é uma série de destinos individuais." Essa comprovação do íntimo entrelaçamento dos diversos tempos do tempo inclui, contudo, a sucessão, fato que não combina com um modelo da unânime eternidade.

A meu ver, esse modelo foi a saudade. O homem enternecido e exilado que relembra possibilidades felizes vê-as *sub specie aeternitatis*, totalmente deslembrado de que a execução de uma delas exclui ou posterga as outras. Na paixão, a lembrança tende ao intemporal. Concentramos as alegrias de um passado numa única imagem; os poentes variadamente rubros que contemplo todas as tardes hão de ser, na recordação, um único poente. O mesmo acontece com a previsão: as esperanças mais incompatíveis podem conviver sem dificuldade. Em outras palavras: o estilo do desejo é a eternidade. (É verossímil que a especial satisfação proporcionada pelas enumerações esteja na insinuação do eterno — da *immediata et lucida fruitio rerum infinitarum.*)

IV

Só me resta transmitir ao leitor minha teoria pessoal da eternidade. É uma pobre eternidade já sem Deus, e ainda sem outro possuidor e sem arquétipos. Formulei-a em meu livro *O idioma dos argentinos*, em 1928. Transcrevo o que publiquei na ocasião; o texto se intitulava "Sentir-se em morte".

"Desejo registrar aqui uma experiência que tive há algumas noites: uma ninharia evanescente e extática demais para ser chamada de aventura; irracional e sentimental demais para pensamento. Trata-se de uma cena e de sua palavra: palavra já antecipada por mim, mas até aquele momento não vivida com inteira dedicação de meu eu. Passo a narrá-la, com os acidentes de tempo e de lugar que a deflagraram.

"Recordo-a assim. Na tarde que precedeu aquela noite, estive em Barracas: localidade que não tenho o hábito de visitar e cuja distância das que depois percorri já era suficiente para conferir um estranho sabor àquele dia. Sua noite não tinha destino algum; como estava serena, saí para dar uma volta e recordar, depois do jantar. Não quis fixar um rumo para aquela caminhada; busquei uma latitude máxima de probabilidades para não cansar a expectativa com a antevisão obrigatória de uma só delas. Realizei, na medida adversa do possível, aquilo que chamam caminhar a esmo; aceitei, sem outro preconceito consciente a não ser o de evitar as avenidas ou ruas largas, os mais obscuros convites do acaso. Não obstante, uma espécie de gravitação familiar me afastou na direção de certos bairros cujo nome sempre quero recordar e que inspiram reverência a meu peito. Com isso não me refiro a meu próprio bairro, âmbito preciso da infância, mas a suas ainda misteriosas imediações: limite que possuí inteiro em palavras e pouco na realidade, ao mesmo tempo próximo e mitológico. O avesso do conhecido, suas costas, são para mim aquelas ruas penúltimas, quase tão efetivamente ignoradas quanto o soterrado alicerce de nossa casa ou nosso invisível esqueleto. A caminhada levou-me a uma esquina. Aspirei noite, em folga sereníssima de pensar. A visão, certamente nada complicada, parecia simplificada por meu cansaço. Sua própria tipicidade a irrealizava. A rua era de casas baixas, e, embora seu primeiro significado fosse de pobreza, o segundo era, certamente, de felicidade. Não havia nada mais pobre e mais lindo. Nenhuma casa ousava chegar até a rua; a figueira sombreava sobre a esquina; os portõezinhos — mais altos do que as linhas alongadas das paredes — pareciam cinzelados na própria substância infinita da noite.

A calçada se erguia mais alta que a rua; a rua era de barro elementar, barro da América ainda não conquistado. Ao fundo, a ruela, já campestre, despencava na direção do Maldonado. Sobre a terra turva e caótica um muro rosado parecia não hospedar luz de lua, mas derramar luz íntima. Não pode haver melhor maneira de dar nome à ternura do que aquele rosado.

"Fiquei olhando para aquela simplicidade. Pensei, com certeza em voz alta: *Há trinta anos que isto é assim...* Refleti sobre essa data: época recente em outros países, mas já remota neste mutável lado do mundo. É possível que algum pássaro cantasse e que eu sentisse por ele um amor miúdo, tamanho de pássaro; mas o mais provável é que naquele silêncio já vertiginoso não houvesse outro ruído além do também intemporal ruído dos grilos. O fácil pensamento *Estou em mil oitocentos e tanto* deixou de ser umas tantas palavras aproximativas e se aprofundou em realidade. Senti-me morto, senti-me percebedor abstrato do mundo: indefinido temor imbuído de ciência que é a melhor claridade da metafísica. Não imaginei, não, ter voltado nas presumíveis águas do Tempo; antes, suspeitei ser possuidor do sentido reticente ou ausente da inconcebível palavra *eternidade*. Só depois consegui definir aquela imaginação.

"Escrevo-a, agora, assim: Essa pura representação de fatos homogêneos — noite em serenidade, paredinha límpida, aroma provinciano de madressilva, barro fundamental — não é meramente idêntica à que houve nessa esquina há tantos anos; é, sem semelhanças nem repetições, a mesma. O tempo, se é que podemos intuir essa identidade, é um logro: a indiferenciação e a inseparabilidade de um momento de seu aparente ontem e de outro de seu aparente hoje bastam para desintegrá-lo.

"É evidente que o número de tais momentos humanos não é infinito. Os elementares — os de sofrimento físico e gozo físico, os de aproximação do sono, os da audição de uma música, os de muita intensidade ou muito enfado — são ainda mais impessoais. Chego de antemão a esta conclusão: a vida é pobre demais para não ser também imortal. Mas nem sequer temos a segurança de nossa pobreza, pois o tempo, facilmente refutável no sensorial, não o é também no intelectual, de cuja essência o conceito de sucessão parece inseparável. Fique, assim, posta em anedota emocional a vislumbrada ideia, e na confessa irresolução desta página o momento verdadeiro de êxtase e a insinuação possível de eternidade de que aquela noite não me foi avara."

O objetivo de dar interesse dramático a esta biografia da eternidade obrigou-me a certas deformações: por exemplo, a resumir em cinco ou seis nomes uma gestação secular.

Trabalhei ao sabor da minha biblioteca. Entre as obras que mais úteis me foram, devo mencionar as seguintes:

Die Philosophie der Griechen, von Dr. Paul Deussen. Leipzig, 1919.

Works of Plotinus. Translated by Thomas Taylor. London, 1817.

Passages Illustrating Neoplatonism. Translated with an Introduction by E. R. Dodds. London, 1932.

La philosophie de Platon, par Alfred Fouillée. Paris, 1869.

Die Welt als Wille und Vorstellung, von Arthur Schopenhauer. Herausgegeben von Eduard Grisebach. Leipzig, 1892.

Die Philosophie des Mittelalters, von Dr. Paul Deussen. Leipzig, 1920.

Las confesiones de San Agustín. Versión literal por el P. Ángel C. Vega. Madrid, 1932.

A Monument to Saint Augustine. London, 1930.
Dogmatik, von Dr. R. Rothe. Heidelberg, 1870.
Ensayos de crítica filosófica, de M. Menéndez y Pelayo. Madrid, 1892.

as "kenningar"

Uma das aberrações mais frias registradas pelas histórias literárias são as menções enigmáticas ou *kenningar* da poesia islandesa. Elas se difundiram por volta do ano 1000: época em que os *thulir* ou rapsodos repetidores anônimos foram destronados pelos *escaldos*, poetas de intenção pessoal. É comum atribuí-las à decadência; mas essa determinação deprimente, válida ou não, está ligada à solução do problema, e não a seu enunciado. Por enquanto é suficiente reconhecer que foram o primeiro gozo verbal deliberado de uma literatura instintiva.

Começo pelo mais insidioso dos exemplos: um verso dos muitos interpolados na *Saga de Grettir*:

O herói matou o filho de Mak;
houve tempestade de espadas e alimento de corvos.

Em linha tão ilustre, a boa contraposição das duas metáforas — uma tumultuosa, a outra cruel e pausada — engana vantajosamente o leitor, permitindo-lhe supor que se trata de uma única forte intuição de um combate e do que dele restou. Outra é a deselegante verdade. *Alimento de corvos* — por que não admitir de uma vez — é um dos sinônimos preestabelecidos de *cadáver*, assim como *tempestade de espadas* o é de *batalha*. Essas equivalências eram, justamente, as *kenningar*. Memorizá-las e aplicá-las sem se repetir era o ansioso ideal daqueles primitivos homens de letras. Em boa quantidade, permitiam resolver as dificuldades de uma métrica rigorosa, muito exigente no que diz respeito a aliteração e rima interna. Seu uso disponível, incoerente, pode ser observado nestas linhas:

O aniquilador da prole dos gigantes
quebrou o forte bisão da pradaria da gaivota.
Da mesma forma os deuses, enquanto o guardião do sino se [lamentava,
destroçaram o falcão da ribeira.
Pouca valia teve o rei dos gregos
para o cavalo que corre pelos arrecifes.

O aniquilador dos filhotes dos gigantes é o vermelho Thor. *O guardião do sino* é um ministro da nova fé, segundo seu atributo. *O rei dos gregos* é Jesus Cristo, pela tênue razão de que esse é um dos nomes do imperador de Constantinopla, sendo que Cristo o é igualmente. *O bisão da pradaria da gaivota*, *o falcão da ribeira* e *o cavalo que corre pelos arrecifes* não são três animais anômalos, mas uma única nave depauperada. Dessas penosas equações sintáticas, a primeira é de segundo grau, uma vez que *pradaria da gaivota* já é um nome do mar... Desatados esses nós parciais, deixo por conta do leitor o esclarecimento total das linhas, um pouco *décevante*, sem dúvida. A *Saga de Njal* põe-nas na boca plutônica de Steinvora, mãe de Ref, o Escaldo, que ato contínuo narra em lúcida prosa como o tremendo Thor quis lutar com Jesus e este não quis fazê-lo. Niedner, o germanista, venera o "humano-contraditório" dessas imagens e as sugere ao interesse "de nossa moderna poesia, ansiosa por valores de realidade".

Outro exemplo, uns versos de Egil Skalagrímsson:

Os tingidores dos dentes do lobo
prodigalizaram a carne do cisne rubro.
O falcão do orvalho da espada
alimentou-se com heróis na planície.
Serpentes da lua dos piratas
atenderam à vontade dos Ferros.

Versos como o terceiro e o quinto oferecem uma satisfação quase orgânica. O que procuram transmitir é indiferente, o que sugerem nulo. Não convidam a sonhar, não provocam imagens ou paixões, não são um ponto de partida. São termos. A satisfação — a suficiente e a mínima satisfação — está em sua variedade, no contato heterogêneo de suas palavras.[1] É possível que assim o

1 Busco o equivalente clássico dessa satisfação, o equivalente que o mais insubornável de meus leitores não há de querer invalidar. Dou com o insigne soneto de Quevedo ao duque de Osuna, *horrendo em galeras e naves e infantaria armada*. É fácil verificar que nesse soneto a esplêndida eficácia do dístico

Sua Tumba são de Flandres as Campanhas,
Seu Epitáfio a ensanguentada Lua

é anterior a toda interpretação e não depende dela. O mesmo digo da afirmação subsequente: *o pranto militar*, cujo "sentido" não é discutível, porém frívolo: *o pranto dos militares*. Quanto à *ensanguentada Lua*, mais vale ignorar que se trata do símbolo dos turcos, eclipsado por alguma pirataria de dom Pedro Téllez Girón.

tenham compreendido os inventores e que seu caráter de símbolos tenha sido um mero suborno à inteligência. *Os Ferros* são os deuses; *a lua dos piratas*, o escudo; sua *serpente*, a lança; *orvalho da espada*, o sangue; seu *falcão*, o corvo; *cisne rubro*, toda ave ensanguentada; *carne do cisne rubro*, os mortos; *os tingidores dos dentes do lobo*, os guerreiros felizes. A reflexão repudia essas conversões. *Lua dos piratas* não é a definição mais necessária pedida pelo *escudo*. Isso é indiscutível, mas não mais do que o fato de que *lua dos piratas* é uma fórmula que não pode ser substituída por *escudo* sem perda total. Reduzir cada *kenning* a uma palavra não é desvendar incógnitas: é anular o poema.

Baltasar Gracián y Morales, da Companhia de Jesus, tem contra si certas laboriosas perífrases, de mecanismo semelhante ou idêntico ao das *kenningar*. O tema era o estio ou a aurora. Em vez de apresentá-las diretamente, foi justificando-as e coordenando-as com receio culposo. Eis aqui o produto melancólico desse esforço:

Depois que no celeste Anfiteatro
O ginete do dia
Com Flegetonte toureou valente
O luminoso Touro
Vibrando por hastilhas raios de ouro,
Aplaudindo suas sortes
O bonito espetáculo de Estrelas
— Turba de damas belas
Que a fruir seu tamanho, alegre mora
Por cima dos terraços do Arrebol —,
Depois que em singular metamorfose

Com seus talões de penas
E com crista de fogo
À grande multidão de astros luzentes
(Galinhas dos relvados celestiais)
Presidiu Galo o boquirroto Febo
Entre os pintinhos do tindário Ovo,
Pois por traição divina a grande Leda
Se empolhou choca concebeu galinha...

O frenesi taurino-galináceo do reverendo Padre não é o maior pecado de sua rapsódia. Pior é o aparato lógico: a aposição de cada substantivo e de sua metáfora atroz, a vindicação impossível das asneiras. O trecho de Egil Skalagrímsson é um problema, ou quem sabe um enigma; o inverossímil espanhol, uma confusão. O incrível é que Gracián era um bom prosador; um escritor infinitamente capaz de artifícios hábeis. Prove-o a construção da seguinte sentença, que é de sua lavra: "Pequeno corpo de Crisólogo, contém espírito gigante; breve panegírico de Plínio se mede com a eternidade".

Nas *kenningar* predomina o caráter funcional. Elas definem os objetos por seu aspecto, menos que por seu uso. Costumam animar o que tocam, sem que nada as impeça de inverter o procedimento quando seu tema for vivo. Foram incontáveis e estão suficientemente esquecidas: fato que me estimulou a copiar essas estioladas flores retóricas. Aproveitei a primeira compilação, a de Snorri Sturluson — famoso como historiador, como arqueólogo, como construtor de certas termas, como genealogista, como presidente de uma assembleia, como poeta, como duplo traidor, como decapitado e como fantasma.[2] Na década de 1230 encetou-a, com intuitos preceptivos. Queria satisfazer a duas paixões de diferente estirpe: a moderação e o culto aos antepassados. Apreciava as *kenningar*, desde que não fossem muito complexas e que autorizadas por um exemplo clássico. Transcrevo sua declaração liminar: "Esta chave se destina aos principiantes que desejam adquirir destreza poética e melhorar seu estoque de imagens com metáforas tradicionais ou àqueles que estão em busca da virtude de entender o que foi escrito com mistério. Convém respeitar essas histórias que foram suficientes para os antigos, mas convém que os homens cristãos lhes suspendam sua fé". A sete séculos de distância a especificação não é inútil: há tradutores alemães desse calmoso *Gradus ad Parnassum* boreal que o apresentam como um *Ersatz* da Bíblia e que juram que o uso repetido de anedotas norueguesas é o instrumento mais eficaz para germanizar a Alemanha. O doutor Karl Konrad — autor de uma versão mutiladíssima do tratado de Snorri e de um folheto pessoal de cinquenta e dois "extratos dominicais" que constituem outras tantas "devoções germânicas", muito corrigidas numa segunda edição — talvez seja o exemplo mais lúgubre.

O tratado de Snorri se intitula a *Edda Prosaica*. É formado por duas partes em prosa e uma terceira em verso — sem dúvida a que inspirou o epíteto. A segunda narra a aventura de Aegir ou Hler, versadíssimo nas artes da fei-

2 Dura palavra, *traidor*. Sturluson — possivelmente — era um mero fanático disponível, um homem tresmalhado até o escândalo por lealdades sucessivas e opostas. No plano intelectual, sei de dois exemplos: o de Francisco Luis Bernárdez, e o meu.

tiçaria, que visitou os deuses na fortaleza de Asgard à qual os mortais chamam de Troia. Ao chegar o anoitecer, Odin mandou buscar espadas de um aço tão brunido que nenhuma outra luz era necessária. Hler ficou amigo de seu vizinho, que na verdade era o deus Bragi, exímio em eloquência e métrica. Um vasto chifre cheio de hidromel passava de mão em mão e o homem e o deus falaram de poesia. O deus foi dizendo ao homem as metáforas que devem ser empregadas. Esse catálogo divino agora me assessora.

No índice, não excluo as *kenningar* que já registrei. Ao organizá-las, experimentei um prazer quase filatélico.

<table>
<tr><td>casa dos pássaros
casa dos ventos</td><td>o ar</td></tr>
</table>

flechas do mar: os arenques

porco do marulho: a baleia

árvore de assento: o banco

bosque da mandíbula: a barba

<table>
<tr><td>assembleia de espadas
tempestade de espadas
encontro dos ferros
voo de lanças
canção de lanças
festa de águias
chuva dos escudos rubros
festa dos vikings</td><td>a batalha</td></tr>
</table>

força do arco perna da omoplata	o braço
cisne sangrento galo dos mortos	o abutre

sacudidor das rédeas: o cavalo

poste do elmo penhasco dos ombros castelo do corpo	a cabeça

forja do canto: a cabeça do *skald*

onda do chifre maré do cálice	a cerveja
elmo do ar terra das estrelas do céu caminho da lua xícara dos ventos	o céu
maçã do peito dura esfera do pensamento	o coração
gaivota do ódio gaivota das feridas cavalo da bruxa primo do corvo[3]	o corvo

3 *Definitum in definitione ingredi non debet*: eis a segunda regra menor

riscos das palavras: os dentes

terra da espada lua da nau lua dos piratas teto do combate grande nuvem do combate	o escudo
gelo da refrega vara da ira fogo de elmos dragão da espada roedor de elmos espinha da batalha peixe da batalha remo do sangue lobo das feridas ramo das feridas	a espada
granizo das cordas dos arcos gansos da batalha	as flechas
sol das casas perdição das árvores lobo dos templos	o fogo

---

da definição. Risonhas infrações como esta (e, acima, *dragão da espada*: a espada) evocam o artifício daquele personagem de Poe que, no afã de subtrair uma carta à curiosidade policial, deixa-a exposta, como por acaso, na salva da correspondência.

delícia dos corvos avermelhador do bico do corvo alegrador da águia árvore do elmo árvore da espada tingidor de espadas	o guerreiro
ogro do elmo querido alimentador dos lobos	o machado
negro orvalho do lar: a fuligem	
árvore de lobos cavalo de madeira	a forca[4]
orvalho da pena: as lágrimas	
dragão dos cadáveres serpente do escudo	a lança
espada da boca remo da boca	a língua
poleiro do falcão país dos anéis de ouro	a mão

4 "Ir para o inferno num cavalo de madeira", leio no capítulo vinte e dois da *Inglinga Saga*. *Viúva*, *balanço*, *alburno* e *finibusterre* foram os nomes da força na gíria; "moldura" (*picture frame*) é o que lhe deram os antigos maus elementos de Nova York.

telhado da baleia terra do cisne caminho das velas campo do viking pradaria da gaivota corrente das ilhas	o mar
árvore dos corvos aveia das águias trigo dos lobos	o morto
lobo das marés cavalo do pirata rena dos reis do mar patim de viking garanhão da onda arado do mar falcão da ribeira	a nau
pedras do rosto luas da face	os olhos
fogo do mar leito da serpente fulgor da mão bronze das discórdias	o ouro

repouso das lanças: a paz

casa do hálito nau do coração base da alma casa das gargalhadas	o peito
neve da carteira gelo dos crisóis orvalho da balança	a prata
senhor de anéis distribuidor de tesouros distribuidor de espadas	o rei
sangue dos penhascos país das redes	o rio
riacho dos lobos maré da matança orvalho do morto suor da guerra cerveja dos corvos água da espada onda da espada	o sangue
ferreiro de canções: o *skald* irmã da lua[5] fogo do ar	o sol

5 Os idiomas germânicos que têm gênero gramatical dizem *a sol* e *o lua*. Segundo Lugones (*El imperio jesuítico*, 1904), a cosmogonia das tribos guaranis considerava a lua macho, e o sol, fêmea. A antiga cosmogonia do Japão registra uma deusa do sol e um deus da lua.

mar dos animais assoalho das tormentas cavalo da neblina	a terra

senhor dos currais: o touro

crescimento de homens animação das serpentes	o verão

irmão do fogo estrago dos bosques lobo dos cordames	o vento

Omito as de segundo grau, as obtidas mediante combinação de um termo simples com uma *kenning* — por exemplo, *a água da vara das feridas*, o sangue; *o saciador das gaivotas do ódio*, o guerreiro; *o trigo dos cisnes de corpo vermelho*, o cadáver — e as de razão mitológica; *a perdição dos anões*, o sol; *o filho de nove mães*, o deus Heimdall. Omito também as ocasionais: *o sustentáculo do fogo do mar*, uma mulher com algum ornamento de ouro.[6] Das de potência mais alta, das que ocasionam a fusão arbitrária dos enigmas, indicarei uma só: *os rejeitadores da neve do poleiro do falcão. O poleiro do falcão* é a mão; *a neve da mão* é a prata. *Os rejeitadores da prata* são os varões que a afastam de si, os reis dadivosos. O método, como o leitor certamente já percebeu, é o método tradicional dos praticantes da caridade: o elogio da

6 Se as informações de De Quincey não me levam a equívoco (*Writings*, volume onze, p. 269), o modo incidental desta última é o da perversa Cassandra, no negro poema de Licofronte.

generosidade desleixada que se trata de estimular. Daí os muitos apelidos para a prata e o ouro, daí as ávidas menções ao rei: *senhor de anéis, distribuidor de caudais, sentinela de caudais.* Daí, também, ponderações sinceras como esta, de autoria do norueguês Eyvind Skaldaspillir:

Quero construir uma apologia
Estável e firme como uma ponte de pedra.
Penso que nosso rei não é avaro
Dos carvões ardentes do cotovelo.

Essa identificação entre ouro e chama — perigo e esplendor — não deixa de ser eficaz. O organizado Snorri a esclarece: "Dizemos bem que o ouro é fogo dos braços ou das pernas, porque sua cor é o vermelho, mas os nomes da prata são gelo ou neve ou pedra e granizo ou geada, porque sua cor é o branco". E depois: "Quando os deuses retribuíram a visita a Aegir, este os hospedou em sua casa (situada no mar) e os iluminou com lâminas de ouro, que emitiam luz como as espadas no Valhala. Desde então o ouro foi chamado de fogo do mar e de todas as águas e dos rios". Moedas de ouro, anéis, escudos tacheados, espadas e martelos eram a recompensa do *skald*; raras vezes, terrenos e naus.

Minha lista de *kenningar* não está completa. O pudor impedia os cantores de fazer repetições literais: eles preferiam esgotar as variantes. Basta reconhecer as que estão registradas para o artefato *nau* — e as que uma evidente permutação, delicada indústria do olvido ou da arte, pode multiplicar. Para *guerreiro* também há um sem-número de opções. Um *skald* o chama de *árvore da espada*, talvez porque árvore e vencedor fossem vozes homônimas. Outro o chama de *azinheira da lança*; outro, de *bastão do ouro*; outro, de *medonho abeto das tempestades de ferro*; outro, de *bosque dos peixes da batalha.* Uma ou outra vez a variação acatou uma lei: demonstração disso é este trecho de Markus, em que um navio parece ter sua dimensão aumentada pela proximidade:

O feroz javali da inundação
Saltou sobre os telhados da baleia.
O urso do dilúvio extenuou
O antigo caminho dos veleiros
O touro do marulho espedaçou
A corrente que retém nosso castelo.

O culteranismo é um frenesi da mente acadêmica; o estilo codificado por Snorri é a exasperação e praticamente a *reductio ad absurdum* de uma preferência comum a toda a literatura germânica: a das palavras compostas. Os mais antigos monumentos dessa literatura são os anglo-saxões. No *Beowulf* — datado de 700 — o mar é *o caminho das velas, o caminho do cisne, a poncheira das ondas, a banheira do pelicano, a trajetória da baleia*; o sol é *a candeia do mundo, a alegria do céu, a pedra preciosa do céu*; a harpa é *a madeira do júbilo*; a espada é *o resíduo dos martelos, o companheiro de luta, a luz da batalha*; a batalha é *o jogo das espadas, o aguaceiro de ferro*; a nau é *a atravessadora do mar*; o dragão é *a ameaça do anoitecer, o guardião do tesouro*; o corpo é *a morada dos ossos*; a rainha é *a tecelã de paz*; o rei é *o senhor dos anéis, o áureo amigo dos homens, o chefe de homens, o distribuidor de caudais*. As naus da *Ilíada* também são atravessadoras do mar — quase transatlânticos —, e o rei, *rei de homens*. Nas hagiografias de 800, o mar é ainda *o banho do peixe*, *a rota das focas*, *o tanque da baleia*, *o reino da baleia*; o sol é *a candeia dos homens*, *a candeia do dia*; os olhos são *as joias do rosto*; a nau é *o cavalo das ondas*, *o cavalo do mar*; o lobo é *o morador dos bosques*; a batalha é *o jogo dos escudos*, *o voo das lanças*; a lança é *a serpente da guerra*; Deus é *a alegria dos guerreiros*. No *Bestiário*, a baleia é *o guardião do oceano*. N'*A balada de Brunnaburh* — já em 900 —, a batalha é *o embate das lanças*, *o drapejar das bandeiras*, *a comunhão das espadas*, *o encontro de homens*. Os escaldos manipulam pontualmente essas mesmas imagens; sua inovação foi a ordem torrencial em que as prodigalizaram e o fato de combiná-las umas com as outras como bases de símbolos mais complexos. É de supor que o tempo colaborou. Só depois que *lua de viking* se tornou uma equivalência imediata de *escudo*, o poeta teve condições de formular a equação *serpente da lua dos vikings*. Esse momento ocorreu na Islândia, não na Inglaterra. O prazer de compor palavras se manteve nas letras britânicas, mas de outra forma. As *Odisseias* de Chapman (de 1614) apresentam um grande número de exemplos estranhos. Alguns são belos (*delicious-fingered Morning*, *through-swum the waves*); outros, meramente visuais e tipográficos (*Soon as the white-and-red-mixed-fingered Dame*); outros, de curiosa tolice (*the circularly-witted queen*). A tais aventuras podem levar o sangue germânico e a leitura grega. E também certo germanizador total do inglês, que num *Word-book of the English Tongue* propõe as emendas que copio: *lich-rest* para cemitério, *redecraft* para lógica, *fourwinkled* para quadrangular, *outganger* para emigrante, *fearnought* para valente, *bit-wise* para gradualmente, *kinlore* para genealogia, *bask-jaw* para réplica, *wanhope* para desespero. A tais aventuras podem levar o inglês e um conhecimento nostálgico do alemão...

Percorrer todo o índice das *kenningar* é expor-se à incômoda sensação de que raríssimas vezes o mistério esteve menos operante — e mais inadequado e verboso. Antes de condená-las, convém recordar que sua transposição a um idioma que ignora as palavras compostas só pode agravar sua inadequação. *Espinha da batalha* ou *espinha de batalha* ou *espinha militar* é uma perífrase desairosa; *Kampfdorn* ou *battle-thorn* não tanto.[7] Da mesma forma, enquanto as exortações gramaticais de nosso Xul-Solar não forem acatadas, versos como o de Rudyard Kipling:

In the desert where the dung-fed camp-smoke curled

ou aquele outro, de Yeats:

That dolphin-torn, that gong-tormented sea

serão inimitáveis e impensáveis em espanhol...

Não faltam outras apologias. Uma evidente é que essas menções inexatas eram estudadas em fila pelos aprendizes de *skald*, mas não eram propostas ao público dessa

7 Traduzir cada *kenning* por um substantivo espanhol com um adjetivo especificante (sol doméstico em vez de *sol das casas*, esplendor manual em vez de *esplendor da mão*) teria sido, talvez, a forma mais fiel, mas também a menos sensacional e a mais difícil — por falta de adjetivos.

maneira esquemática, e sim em meio à agitação dos versos. (A desgastada fórmula

água da espada = sangue

talvez seja uma traição.) Ignoramos suas leis: desconhecemos os precisos reparos que um juiz de *kenningar* oporia a uma boa metáfora de Lugones. Afinal, restam-nos apenas umas poucas palavras. Impossível saber com que inflexão de voz elas eram pronunciadas, por que rostos, individuais como uma música, com que admirável decisão ou modéstia. Só sabemos que algum dia elas exerceram sua profissão de assombro e que sua gigantesca inadequação embelezou os rubros varões dos desertos vulcânicos e dos fiordes, tal como a profunda cerveja e os duelos de garanhões.[8] Não é impossível que fossem produzidas por uma misteriosa alegria. Sua própria bastardia — *peixes da batalha*: espadas — talvez correspondesse a um antigo *humour*, a logros de homenzarrões hiperbóreos. Assim, nessa metáfora selvagem que mais uma vez destaquei, os guerreiros e a batalha se fundem num plano invisível, onde se agitam as espadas orgânicas e mordem e azucrinam. Essa imaginação também está presente na *Saga de Njal*, numa de cujas páginas está escrito: "As espadas pularam das bainhas, e machados e lanças voaram pelos ares e

8 Refiro-me a um esporte especial daquela ilha de lava e duro gelo: a rinha de garanhões. Enlouquecidos pelas éguas urgentes e pelo clamor dos homens, os garanhões se enfrentavam trocando mordidas sangrentas, por vezes mortais. Há inúmeras alusões a esse jogo. De um capitão que duelou com garbo diante de sua dama, diz o historiador que aquele potro só podia combater bem tendo sua égua a olhá-lo.

combateram. As armas os perseguiram com tanto ardor que tiveram de proteger-se com os escudos, mas uma vez mais foram muitos os feridos e em cada nau morreu um homem". Esse signo foi visto nas embarcações do apóstata Brodir, antes da batalha que acabou com ele.

Na noite 743 do *Livro das mil e uma noites*, leio esta advertência: "Não digamos que está morto o rei feliz que deixa um herdeiro como este: o comedido, o agraciado, o ímpar, o leão dilacerador e a clara lua". O símile, quiçá contemporâneo dos germânicos, não vale muito mais, mas a raiz é diferente. O homem que se assemelha à lua, o homem que se assemelha à fera, não são o resultado discutível de um processo mental: são a correta e efêmera verdade de duas instituições. As *kenningar* não passam de sofismas, de exercícios mentirosos e frouxos. Eis uma exceção memorável, eis o verso que reflete o incêndio de uma cidade, o fogo delicado e terrível:

Ardem os homens; agora a Joia se enfurece.

Uma observação final. O signo "perna da omoplata" é raro, mas não menos raro que o braço do homem. Concebê-lo como uma inútil perna projetada pelas cavas dos coletes e que se desfia em cinco dedos de penoso comprimento é intuir sua estranheza fundamental. As *kenningar* nos insuflam esse assombro, nos desligam do mundo. Podem motivar essa lúcida perplexidade que é a única honra da metafísica, sua remuneração e sua fonte.

Buenos Aires, 1933

Pós-escrito. Morris, o minucioso e importante poeta inglês, intercalou muitas *kenningar* em sua última epopeia, *Sigurd the Volsung*. Transcrevo algumas, ignoro se adaptadas ou pessoais ou um pouco de cada uma. *Chama da guerra*, a bandeira; *maré da matança*, *vento da guerra*, o ataque; *mundo de penhascos*, a montanha; *bosque da guerra*, *bosque de lanças*, *bosque da batalha*, o exército; *tecido da espada*, a morte; *perdição de Fafnir*, *tição da peleja*, *ira de Siegfried*, sua espada.

"Pai da fragrância, ó jasmim!" apregoam os vendedores no Cairo. Mauthner observa que os árabes costumam derivar suas imagens da relação pai-filho. Assim: *pai da manhã*, o galo; *pai do saque*, o lobo; *filho do arco*, a flecha; *pai dos passos*, uma montanha. Outro exemplo dessa preocupação: no Corão, a prova mais comum de que Deus existe é o espanto de que o homem seja gerado "por algumas gotas de água vil".

Sabemos que os primitivos nomes do tanque foram *landship*, *landcruiser*, navio de terra, couraçado de terra. Mais tarde trocaram por *tanque* para despistar. A *kenning* original era evidente demais. Outra *kenning* é "leitão grande", que era o eufemismo guloso dado pelos canibais a seu prato preferido.

O ultraísta morto cujo fantasma nunca deixou de me habitar se diverte com esses jogos. Dedico-os a uma clara companheira: a Norah Lange, cujo sangue talvez os reconheça.

Pós-escrito de 1962. Não me lembro quando, repetindo outros, escrevi que a aliteração e a metáfora eram os elementos fundamentais do antigo verso germânico. Dois anos dedicados ao estudo dos textos anglo-saxões levam-me, hoje, a modificar essa afirmação.

Das aliterações, entendo que fossem antes um meio que um fim. Seu objetivo era assinalar as palavras que deveriam ser acentuadas. Prova disso é que as vogais — abertas, ou seja, muito diferentes umas das outras — se aliteravam entre si. Outra é que os textos antigos não registram aliterações exageradas, do tipo *a fair field full of folk*, que data do século XIV.

Quanto à metáfora como elemento indispensável do verso, entendo que o que agradava era a pompa e a gravidade existentes nas palavras compostas, e que no início as *kenningar* não eram metafóricas. Assim, os dois versos iniciais do *Beowulf* incluem três *kenningar* (*dinamarqueses de lança*, *dias de antanho* ou *dias de anos*, *reis do povo*) que certamente não são metáforas, e é preciso chegar ao décimo verso para encontrar uma expressão como *hronrad* (*trajetória da baleia*, o mar). Portanto, a metáfora não teria sido o fundamental, mas, tal como a comparação ulterior, um achado tardio das literaturas.

Entre os livros que mais me foram úteis, devo mencionar os seguintes:

The Prose Edda, by Snorri Sturluson. Translated by Arthur Gilchrist Brodeur. New York, 1929.

Die Jüngere Edda mit dem sogennanten ersten grammatischen Traktat. Uebertragen von Gustav Neckel und Felix Niedner. Jena, 1925.

Die Edda. Uebersetzt von Hugo Gering. Leipzig, 1892.

Eddalieder, mit Grammatik, Uebersetzung und Erläuterungen. Von Dr. Wilhelm Ranisch. Leipzig, 1920.

Völsunga Saga, with certain songs from the Elder Edda. Translated by Eiríkr Magnússon and William Morris. London, 1870.

The Story of Burnt Njal. From the Icelandic of the Njals Saga, by George Webbe Dasent. Edinburgh, 1861.

The Grettir Saga. Translated by G. Ainslie Hight. London, 1913.

Die Geschichte vom Goden Snorri. Uebertragen von Felix Niedner. Jena, 1920.

Islands Kultur zur Wikingerzeit, von Felix Niedner. Jena, 1920.

Anglo-Saxon Poetry. Selected and translated by R. K. Gordon. London, 1931.

The Deeds of Beowulf. Done into modern prose by John Earle. Oxford, 1892.

a metáfora

O historiador Snorri Sturluson, que tantas coisas fez em sua intrincada vida, compilou, no início do século XIII, um glossário das figuras tradicionais da poesia islandesa em que se lê, por exemplo, que *gaivota do ódio*, *falcão do sangue*, *cisne sangrento* ou *cisne rubro* significam o corvo; e *telhado da baleia* ou *corrente das ilhas*, o mar; e *casa dos dentes*, a boca. Tramadas no verso e por ele conduzidas, essas metáforas proporcionam (ou proporcionaram) um assombro agradável; depois percebemos que não existe uma emoção que as justifique e concluímos que são laboriosas e inúteis. Verifiquei que o mesmo acontece com as figuras do simbolismo e do marinismo.

"Frieza íntima", "engenhosidade pouco engenhosa": acusações feitas por Benedetto Croce aos poetas e oradores barrocos do século XVII; nas perífrases recolhidas por Snorri vejo algo como a *reductio ad absurdum* de toda intenção de elaborar metáforas novas. Lugones ou Baudelaire, pareceu-me, não fracassaram menos que os poetas cortesãos da Islândia.

No livro terceiro da *Retórica*, Aristóteles observou que toda metáfora surge da intuição de uma analogia entre coisas dessemelhantes; Middleton Murry exige que a analogia seja real e que até aquele momento ela não tenha sido percebida (*Countries of the Mind*, II, 4). Aristóteles, como se vê, funda a metáfora sobre as coisas e não sobre a linguagem; os tropos conservados por Snorri são (ou parecem) resultado de um processo mental que não percebe analogias mas combina palavras; alguns deles até impressionam (*cisne rubro*, *falcão do sangue*), mas nada revelam ou comunicam. São, digamos, objetos verbais, puros e independentes como um cristal ou um anel de prata. Do mesmo modo, o gramático Licofronte chamou o deus Hércules de *leão da noite tripla* porque a noite em que Zeus o engendrou teve a duração de três noites. A expressão é memorável, além da interpretação dos glosadores, mas não preenche a função prescrita por Aristóteles.[1]

No *I Ching*, um dos nomes do universo é Os Dez Mil Seres. Há cerca de trinta anos, minha geração achou extraordinário que os poetas desdenhassem as muitas combinações de que essa coleção é capaz, limitando-se maniacamente a uns poucos grupos famosos: as estrelas e os olhos, a mulher e a flor, o tempo e a água, a velhice e o entardecer, o sonho e a morte. Assim enunciados ou despojados, esses grupos são meras trivialidades, mas vejamos alguns exemplos concretos.

No Antigo Testamento, lemos (1 Reis, 2, 10): "Adormeceu, pois, Davi com seus pais, e foi sepultado na cidade de Davi". Nos naufrágios, quando a nau afundava, os marinheiros do Danúbio rezavam: "Durmo; depois volto a

1 O mesmo se aplica a "águia de três asas", que é um nome metafórico da flecha, na literatura persa (Browne, *A Literary History of Persia*, III, 262).

remar".[2] "Irmão da morte" disse Homero a respeito do sono, na *Ilíada*; dessa irmandade dão testemunho diversos monumentos funerários, segundo Lessing. "Macaco da morte" (*Affe des Todes*) é a denominação de Wilhelm Klemm, que também escreveu: "A morte é a primeira noite tranquila". Antes, Heine escrevera: "A morte é a noite fresca; a vida, o dia tormentoso"... "Sonho da terra" disse Vigny à morte; "velha cadeira de balanço" (*old rocking-chair*) é como os *blues* se referem à morte: esta vem a ser o último sonho, a última sesta, dos negros. Em sua obra, Schopenhauer repete a equação morte-sonho; é suficiente copiar estas linhas: "O que o sonho é para o indivíduo, é para a espécie a morte" (*Die Welt als Wille und Vorstellung*, II, 41). O leitor já deve ter se lembrado das palavras de Hamlet: "Morrer, dormir, sonhar talvez", e seu temor de que os sonhos do sono da morte sejam terríveis.

Equiparar mulheres a flores é outra eternidade ou trivialidade; seguem-se alguns exemplos. "Eu sou a flor do campo, e a açucena dos vales", diz, no Cântico dos Cânticos, a sulamita. Na história de Math, que é o quarto "ramo" dos *Mabinogion* de Gales, a um príncipe compete uma mulher que não seja deste mundo, e, "por meio de conjuros e de ilusão, um feiticeiro a faz com as flores do carvalho e com as flores da giesta e com as flores da rainha-dos-prados". Na quinta "aventura" do *Nibelungenlied*, Siegfried vê Cremilda para sempre, e a primeira coisa que nos diz é que sua tez brilha com a cor das rosas. Ariosto, inspirado por Catulo, compara a donzela a uma

2 Também conhecemos a súplica final dos marinheiros fenícios: "Mãe de Cartago, devolvo o remo". A julgar por moedas do século II antes de Cristo, devemos entender Sídon como Mãe de Cartago.

flor secreta (*Orlando*, I, 42); no jardim de Armida, um pássaro de bico purpúreo exorta os amantes a não deixar essa flor murchar (*Gerusalemme*, XVI, 13-15). No fim do século X, Malherbe quer consolar um amigo da morte de sua filha e seu consolo inclui as famosas palavras: "*Et, rose, elle a vécu ce que vivent les roses*". Shakespeare, num jardim, admira o rubro profundo das rosas e a brancura dos lírios, só que essas galas não são, para ele, mais que sombras de seu amor que está ausente (*Sonnets*, XCVIII). "Deus, ao fazer rosas, fez meu rosto", diz a rainha da Samotrácia numa página de Swinburne. Este levantamento poderia não ter fim;[3] basta recordar aquela cena de *Weir of Hermiston* — o último livro de Stevenson — em que o herói quer saber se em Cristina existe uma alma "ou se ela é simplesmente um animal da cor das flores".

Reuni dez exemplos do primeiro grupo e nove do segundo; às vezes a unidade essencial é menos aparente do que os traços diferenciais. Quem, *a priori*, poderia supor que "cadeira de balanço" e "Adormeceu, pois, Davi com seus pais" têm origem numa mesma raiz?

O primeiro monumento das literaturas ocidentais, a *Ilíada*, foi composto há cerca de três mil anos; é verossímil supor que nesse enorme lapso todas as afinidades íntimas, necessárias (sonho-vida, sono-morte, rios e vi-

3 Também consta, com delicadeza, a imagem sobre o rapto de Prosérpina nos versos famosos de Milton (*P. L.*, IV, 268-271), e estes são de Dario:

Mas apesar do tempo desabrido,
minha sede de amor nunca tem fim;
com o cabelo grisalho me aproximo
dos roseirais do meu jardim.

das que transcorrem etc.) foram algum dia percebidas e escritas. Isso não significa, é claro, que o número de metáforas se tenha esgotado. Na verdade, as maneiras de indicar ou insinuar essas secretas simpatias entre os conceitos são ilimitadas. Sua virtude ou fraqueza está nas palavras; o curioso verso em que Dante (*Purgatório*, I, 13), para definir o céu oriental, invoca uma pedra oriental, uma pedra límpida em cujo nome está, por feliz acaso, o Oriente: "*Dolce color d'oriental zaffiro*" é, sem a menor dúvida, admirável; o mesmo não se pode dizer de Góngora (*Soledad*, I, 6): "*En campos de zafiro pace estrellas*", que é, se não estou enganado, uma simples grosseria, uma simples ênfase.[4]

Algum dia será escrita a história da metáfora e saberemos a verdade e o erro destas conjecturas.

4 Os dois versos se inspiram na Escritura. "Viram o Deus de Israel, e debaixo dos seus pés como que um pavimento de safira, que se parecia com o céu, quando está sereno" (Êxodo, 24, 10).

a doutrina dos ciclos

I

Essa doutrina (que seu mais recente inventor chama de Eterno Retorno) pode ser formulada assim:

"O número de todos os átomos que compõem o mundo é, embora desmesurado, finito, e enquanto tal somente capaz de um número finito (embora também desmesurado) de permutações. Num tempo infinito, o número das permutações possíveis será atingido, e o universo se verá obrigado a repetir-se. Mais uma vez nascerás de um ventre, mais uma vez teu esqueleto crescerá, mais uma vez esta mesma página chegará a tuas mãos iguais, mais uma vez percorrerás todas as horas até chegar à de tua incrível morte." Tal é a ordem habitual daquele argumento, começando pelo prelúdio insípido até chegar ao enorme desenlace ameaçador. É comum atribuí-lo a Nietzsche.

Antes de refutá-lo — feito de que não sei se sou capaz —, convém ter uma ideia, mesmo que remota, dos números sobre-humanos que invoca. Começo pelo átomo. O diâmetro de um átomo de hidrogênio foi calculado, salvo engano, em um centimilionésimo de centímetro. Essa pequeneza vertiginosa não significa que ele seja indivisível: ao contrário, Rutherford o define de acordo com a imagem de um sistema solar, formado por um núcleo central e por um elétron giratório cem mil vezes menor que o átomo inteiro. Deixemos de lado esse núcleo e esse elétron, e imaginemos um universo frugal, composto de dez átomos. (Trata-se, evidentemente, de um modesto universo experimental: invisível, já que os microscópios não chegam nem perto de vê-lo; imponderável, já que nenhuma balança o avaliaria.) Postulemos também — sempre de acordo com a conjectura de Nietzsche — que o número de alterações desse universo é o das maneiras como se podem dispor os dez átomos, variando a ordem em que estão posicionados. Quantos estados diferentes esse mundo tem condições de conhecer, antes de um eterno retorno? Fácil responder: basta multiplicar 1 × 2 × 3 × 4 × 5 × 6 × 7 × 8 × 9 × 10, operação rigorosa que nos fornece a cifra de 3 628 800. Se uma partícula quase infinitesimal de universo é capaz dessa variedade, pouco ou nenhum crédito devemos dar a uma monotonia do cosmo. Considerei dez átomos; para obter dois gramas de hidrogênio, precisaríamos de bem mais que um bilhão de bilhões. Calcular as mudanças possíveis nesses dois gramas — ou seja, multiplicar um bilhão de bilhões por um a um dos números inteiros que o antecedem — já é uma operação muito superior a minha paciência humana.

Ignoro se meu leitor está convencido; eu não estou. É indiscutível que a esparramação indolor e casta de números enormes aciona o prazer peculiar de todos os excessos, mas a Regressão continua mais ou menos Eterna, embora num prazo remoto. Nietzsche poderia replicar: "Os elétrons giratórios de Rutherford são novidade para mim, assim como a ideia — tão escandalosa para um filólogo — de que seja possível dividir um átomo. Contudo, jamais neguei que as vicissitudes da matéria fossem de monta; simplesmente declarei que não eram infinitas". Essa contestação verossímil de Friedrich Zaratustra me leva a recorrer a Georg Cantor e a sua heroica teoria dos conjuntos.

Cantor destrói o fundamento da tese de Nietzsche. Afirma a perfeita infinitude do número de pontos do universo, e mesmo de um metro de universo, ou de uma fração desse metro. A operação de contar, para ele, é simplesmente equiparar duas séries. Por exemplo, se os primogênitos de todas as casas do Egito fossem mortos pelo Anjo, exceto os que viviam nas casas cujas portas tinham um sinal vermelho, é evidente que o número dos que se salvaram foi igual ao número de sinais vermelhos que havia, sem que isso implique enumerar quantos foram. Aqui, a quantidade é indefinida; em outros agrupamentos ela é infinita. O conjunto dos números naturais é infinito, mas é possível demonstrar que há pares e ímpares em quantidade igual.

Ao 1 corresponde o 2
Ao 3 corresponde o 4
Ao 5 corresponde o 6 etc.

A prova é tão irrefutável quanto frívola, mas não difere da seguinte, de que a quantidade de múltiplos de três mil e dezoito é igual à de números existentes — sem excluir destes últimos o três mil e dezoito e seus múltiplos.

Ao 1 corresponde o 3018
Ao 2 corresponde o 6036
Ao 3 corresponde o 9054
Ao 4 corresponde o 12 072 etc.

Cabe afirmar o mesmo de suas potências, por mais que estas se ratifiquem à medida que avançamos.

Ao 1 corresponde o 3018
Ao 2 corresponde o 3018^2, o 9108324
Ao 3 etc.

Uma genial aceitação desses fatos inspirou a fórmula de que uma coleção infinita — por exemplo, a série natural de números inteiros — é uma coleção cujos membros podem por sua vez desdobrar-se em séries infinitas. (Melhor, para eliminar toda ambiguidade: conjunto infinito é aquele conjunto que pode equivaler a um de seus conjuntos parciais.) A parte, nessas elevadas latitudes da numeração, não é menos copiosa que o todo: a quantidade exata de pontos existentes no universo é a que existe em um metro, ou num decímetro, ou na mais profunda trajetória estelar. A série dos números naturais está bem-ordenada: ou seja, os termos que a compõem são consecutivos; o 28 vem antes do 29 e depois do 27. A série dos pontos do espaço (ou dos instantes do tempo) não pode ser ordenada assim; nenhum número tem um sucessor ou um predecessor imediato. É como a série dos fracionados segundo a magnitude. Que fração enumeraremos depois de 1/2? Não será 51/100, porque 101/200 está mais próximo; não será 101/200 porque 201/400 está mais próximo; não será 201/400 porque... O mesmo acontece com os pontos, segundo Georg Cantor. Sempre é possível intercalar outros, infinitamente. Mesmo assim, devemos fazer um esforço para não conceber grandezas decrescentes. Cada ponto "já" é o final de uma subdivisão infinita.

O atrito do belo jogo de Cantor com o belo jogo de Zaratustra é letal para Zaratustra. Se o universo é formado por um número infinito de termos, ele é rigorosamente capaz de um número infinito de combinações — e a necessidade de um Retorno fica eliminada. Resta sua mera possibilidade, computável em zero.

II

Escreve Nietzsche, lá pelo outono de 1883: "Essa lenta aranha que se arrasta à luz da lua, e essa luz da lua propriamente dita, e você e eu sussurrando no portão, sussurrando a respeito de coisas eternas, será que já não coincidimos no passado? E será que não coincidiremos uma vez mais no longo caminho, nesse longo e trêmulo caminho, será que não o percorreremos eternamente? Assim falava eu, em voz cada vez mais baixa, porque meus pensamentos e os pensamentos que estavam por detrás deles me davam medo". Uns três séculos antes da Cruz escreve Eudemo, parafraseador de Aristóteles: "Se formos acreditar nos pitagóricos, as mesmas coisas voltarão pontualmente e estareis de novo comigo e eu repetirei esta doutrina e minha mão brincará com este bastão, e assim por diante". Na cosmogonia dos estoicos, "Zeus se alimenta do mundo": o universo é consumido ciclicamente pelo fogo que o engendrou, e ressurge da aniquilação para repetir uma história idêntica. Uma vez mais as diversas partículas seminais se combinam, uma vez mais dão forma a pedras, árvores e homens — e também a virtudes e dias, já que para os gregos era impossível um substantivo sem alguma corporeidade. Uma vez mais cada espada e cada herói, uma vez mais cada minuciosa noite de insônia.

Tal como as demais conjecturas da escola do Pórtico, essa da repetição geral se estendeu no tempo, e seu nome técnico, *apokatastasis*, entrou nos Evangelhos (Atos dos Apóstolos, 3, 21), embora não tivesse intenção determinada. O livro doze da *Civitas Dei* de Santo Agostinho dedica vários capítulos à contestação dessa doutrina tão abominável. Tais capítulos (que tenho diante de mim) são intrincados demais para serem resumidos, mas a fúria episcopal de seu autor parece favorecer dois motivos: primeiro, a aparatosa inutilidade dessa roda; segundo, o grotesco de que o Logos pereça como um acrobata na cruz, em espetáculos intermináveis. As despedidas e o suicídio perdem sua dignidade quando repetidos muitas vezes; Santo Agostinho deve ter pensado o mesmo da Crucificação. Isso explica sua refutação escandalizada da opinião dos estoicos e dos pitagóricos, que argumentavam ser a ciência de Deus incapaz de compreender coisas infinitas e que essa eterna rotação do processo mundial serve para que Deus o aprenda e se familiarize com ele; Santo Agostinho zomba de suas inúteis rotações e afirma que Jesus é o direito caminho que nos dá a oportunidade de escapar do labirinto circular desses enganos.

No capítulo de sua *Lógica* dedicado à lei da causalidade, John Stuart Mill declara que uma repetição periódica da história é concebível — mas não verdadeira —, e cita a "écloga messiânica" de Virgílio:

Jam redit et virgo, redeunt Saturnia regna...

Seria possível que Nietzsche, helenista, ignorasse esses "precursores"? Seria possível que Nietzsche, o autor dos fragmentos sobre os pré-socráticos, não conhecesse uma doutrina aprendida pelos discípulos de Pitágoras?[1] É muito difícil — *e inútil* — acreditar nisso. É verdade que Nietzsche indicou, numa página memorável, o local exato em que recebeu a visita da ideia de um eterno retorno: uma vereda nos bosques de Silvaplana, perto de um imenso bloco piramidal, em certo meio-dia de agosto de 1881 — "a seis mil pés do homem e do tempo". É verdade que aquele instante é uma das glórias de Nietzsche. "Imortal o instante", deixará escrito, "em que imaginei o eterno retorno. Por aquele instante tolero o Retorno" (*Unschuld des Werdens*, II, 1308). Em minha opinião, contudo, não devemos postular uma ignorância surpreendente nem uma confusão humana, demasiado humana, entre a inspiração e a lembrança, nem um pecado de vaidade. Minha chave é de caráter gramatical, quase direi sintático. Nietzsche sabia que o Eterno Retorno é dessas fábulas ou medos ou diversões que voltam eternamente, mas também sabia que a mais eficaz das pessoas gramaticais é a primeira. Para um profeta, cabe assegurar que é a única. Para Zaratustra era impossível derivar sua revelação de um epítome, ou da *Historia philosophiae graeco-romanae* dos professores suplentes Ritter e Preller, por razões de voz e anacronismo — quando não tipográficas. O estilo profético não permite o uso de aspas nem a citação erudita de livros e autores...

1 Essa perplexidade é inútil. Em 1874, Nietzsche zombou da tese pitagórica de que a história se repete ciclicamente (*Vom Nutzen und Nachteil der Historie*) (*Nota de 1953*).

Se minha carne humana assimila carne brutal de ovelhas, quem impedirá que a mente humana assimile estados mentais humanos? De tanto repensá-lo e padecê-lo, o eterno retorno das coisas já é de Nietzsche, e não de um morto que não passa de um nome grego. Não insistirei: Miguel de Unamuno já tem sua página sobre essa perfilhação dos pensamentos.

Nietzsche queria homens capazes de aguentar a imortalidade. Digo isso com palavras registradas em seus cadernos pessoais, no *Nachlass*, onde ele também anotou estas outras: "Se imaginas ter uma longa paz antes de renascer, juro que pensas mal. Entre o último instante da consciência e o primeiro clarão de uma vida nova há 'tempo nenhum' — o lapso dura o tempo de um raio, embora para medi-lo bilhões de anos não bastem. Se não há um eu, a infinitude pode equivaler à sucessão".

Antes de Nietzsche a imortalidade pessoal era um mero equívoco das esperanças, um projeto confuso. Nietzsche a propõe como um dever e lhe confere a lucidez atroz de uma insônia. "O fato de não dormir (leio no antigo tratado de Robert Burton) é a crucificação dos melancólicos", e consta-nos que Nietzsche padeceu desse castigo e foi obrigado a buscar salvação no amargo hidrato de cloral. Nietzsche queria ser Walt Whitman, queria minuciosamente apaixonar-se por seu destino. Adotou um método heroico: desenterrou a intolerável hipótese grega da eterna repetição e procurou extrair desse pesadelo mental uma ocasião de júbilo. Foi atrás da ideia mais horrível do universo e a ofereceu aos homens para que se deleitassem. O otimista pouco convicto costuma imaginar que é nietzschiano; Nietzsche o enfrenta com os círculos do eterno retorno e o cospe assim de sua boca.

Nietzsche escreveu: "Não almejar distantes alegrias e favores e bênçãos, mas viver de maneira que queiramos tornar a viver, e assim por toda a eternidade". Mauthner argumenta que atribuir alguma influência moral, ou seja, prática, à tese do eterno retorno é negar a tese — pois equivale a imaginar que alguma coisa pode acontecer de outro modo. Nietzsche responderia que a formulação do eterno retorno e sua ampla influência moral (ou seja, prática), bem como as elucubrações de Mauthner e sua refutação das elucubrações de Mauthner, são outros tantos momentos necessários da história mundial, obra das agitações atômicas. Tinha todo o direito de repetir o que já deixara escrito: "Basta que a doutrina da repetição circular seja provável ou possível. A imagem de uma mera possibilidade pode sacudir-nos e renovar-nos. Quantos não foram os resultados da possibilidade de haver castigos eternos!". E, num outro lugar: "No instante em que essa ideia se apresenta, todas as cores variam — e temos outra história".

III

De vez em quando ficamos pensativos com a sensação de "já ter vivido este momento". Os adeptos do eterno retorno nos juram que é verdade e alegam que esses estados perplexos são uma corroboração de sua fé. Esquecem-se de que a lembrança configuraria uma novidade que é a negação da tese, e que o tempo a iria aperfeiçoando — até o ciclo distante em que o indivíduo já prevê seu destino e prefere atuar de outro modo... Além disso, Nietzsche jamais mencionou uma confirmação mnemônica do Regresso.[2]

Tampouco falou — e isso também merece destaque — da finitude dos átomos. Nietzsche *nega* os átomos; para ele, a atomística não passava de um modelo do mundo, feito exclusivamente para os olhos e para o entendimento aritmético... Para fundamentar sua tese, falou de uma força limitada, desenvolvendo-se no tempo infinito, mas incapaz de um número ilimitado de variações. Sua atuação não está isenta de malícia: primeiro ele nos previne contra a ideia de uma força infinita — "é preciso que nos mantenhamos atentos para esse tipo de orgia do pensamento!" — e depois generosamente admite que o tempo é infinito. Além disso, gosta de recorrer à Eternidade Anterior. Por exemplo: um equilíbrio da força cósmica é impossível, pois, se não o fosse, já teria acontecido na Eternidade Anterior. Ou então: a história universal ocorreu um número infinito de vezes — na Eternidade Anterior. A invocação parece válida,

2 Néstor Ibarra escreve, a respeito dessa aparente confirmação:

"Il arrive aussi que quelque perception nouvelle nous frappe comme un souvenir, que nous croyons reconnaître des objets ou des accidents que nous sommes pourtant sûrs de rencontrer pour la première fois. J'imagine qu'il s'agit ici d'un curieux comportement de notre mémoire. Une perception quelconque s'effectue d'abord, mais *sous le seuil du conscient*. Un instant après, les excitations agissent, mais cette fois nous les recevons *dans le conscient*. Notre mémoire est déclenchée, et nous offre bien le sentiment du 'déjà vu'; mais elle localise mal ce rappel. Pour en justifier la faiblesse et le trouble, nous lui supposons un considérable recul dans le temps; peut-être le renvoyons-nous plus loin de nous encore, dans le rédoublement de quelque vie antérieure. Il s'agit en réalité d'un passé immédiat; et l'abîme qui nous en sépare est celui de notre distraction."

mas convém repetir que essa Eternidade Anterior, ou *aeternitas a parte ante* (designação criada pelos teólogos), é simplesmente nossa incapacidade natural de conceber um princípio para o tempo. Sofremos da mesma incapacidade no que se refere ao espaço, de modo que invocar uma Eternidade Anterior é tão decisivo quanto invocar uma Infinitude À Direita. Em outras palavras: se o tempo é infinito para a intuição, o espaço também o é. Essa Eternidade Anterior não tem nada a ver com o tempo real transcorrido; recuemos ao primeiro segundo e perceberemos que esse primeiro segundo exige um predecessor, e que esse predecessor exige outro ainda, e assim infinitamente. Para estancar esse *regressus in infinitum*, Santo Agostinho decide que o primeiro segundo do tempo coincide com o primeiro segundo da Criação — *non in tempore sed cum tempore incepit creatio.*

Nietzsche recorre à energia; a segunda lei da termodinâmica declara que alguns processos energéticos são irreversíveis. O calor e a luz não são mais do que formas de energia. Basta projetar uma luz sobre uma superfície negra para que ela se transforme em calor. O calor, em compensação, não retomará a forma de luz. Essa comprovação, de aspecto inofensivo ou insípido, cancela o "labirinto circular" do Eterno Retorno.

A primeira lei da termodinâmica estabelece que a energia do universo é constante; a segunda, que essa energia tende à incomunicação, à desordem, embora a quantidade total não decresça. Essa desintegração gradual das forças que compõem o universo é a entropia. Uma vez niveladas as diversas temperaturas, uma vez excluída (ou compensada) toda ação de um corpo sobre outro, o mundo será uma reunião fortuita de átomos. No centro profundo das estrelas, esse equilíbrio difícil e mortal foi alcançado. À força de intercâmbios, o universo inteiro o atingirá, e estará morno e morto.

A luz vai se escoando em calor; o universo, minuto a minuto, torna-se invisível. Também se torna mais leve. Um dia ele não será mais que calor: calor equilibrado, imóvel, igual. Nesse momento terá morrido.

Uma certeza final, esta de ordem metafísica. Se aceito a tese de Zaratustra, não consigo entender como dois processos idênticos não se aglomeram num só. Basta a mera sucessão, não verificada por ninguém? Na falta de um arcanjo especial que mantenha o cômputo em dia, qual é o significado do fato de que estejamos atravessando o século treze mil quinhentos e catorze e não o primeiro da série ou o número trezentos e vinte e dois com expoente dois mil? Nenhum, para a prática — o que não prejudica o pensador. Nenhum, para a inteligência — o que já é grave.

Salto Oriental, 1934

Entre os livros consultados para o artigo anterior, devo mencionar os seguintes:

Die Unschuld des Werdens, von Friedrich Nietzsche. Leipzig, 1931.
Also sprach Zarathustra, von Friedrich Nietzsche. Leipzig, 1892.
Introduction to Mathematical Philosophy, by Bertrand Russell. London, 1919.

The A B C of Atoms, by Bertrand Russell. London, 1927.
The Nature of the Physical World, by A. S. Eddington. London, 1928.
Die Philosophie der Griechen, von Dr. Paul Deussen. Leipzig, 1919.
Wörterbuch der Philosophie, von Fritz Mauthner. Leipzig, 1923.
La ciudad de Dios, de Santo Agostinho. Tradução [para o espanhol] de Díaz de Beyral. Madri, 1922.

o tempo circular

Costumo retornar eternamente ao Eterno Retorno; nestas linhas procurarei (com o auxílio de algumas ilustrações históricas) definir seus três modos fundamentais.

O primeiro foi atribuído a Platão. Este, no trigésimo nono parágrafo do *Timeu*, afirma que os sete planetas, equilibradas suas diversas velocidades, retornarão ao ponto inicial de partida: revolução que constitui o ano perfeito. Cícero (*Da natureza dos deuses*, livro segundo) admite que não é fácil fazer o cômputo desse vasto período celestial, mas que certamente não se trata de um lapso ilimitado; numa de suas obras perdidas, estabelece-o em doze mil novecentos e cinquenta e quatro "disso que chamamos anos" (Tácito: *Diálogo dos oradores*, 16). Morto Platão, a astrologia judiciária se disseminou em Atenas. Essa ciência, como todos sabem, afirma que o destino dos homens é regido pela posição dos astros. Algum astrólogo que não havia examinado em vão o *Timeu* formulou este argumento irretorquível: se os períodos planetários são cíclicos, a história universal também é cíclica; ao cabo de cada ano platônico renascerão os mesmos indivíduos, para cumprir o mesmo destino. O tempo atribuiu essa conjectura a Platão. Em 1616, Lucilio Vanini escreveu: "Novamente Aquiles irá a Troia; renascerão as cerimônias e religiões; a história humana se repete; nada há, hoje, que não tenha sido; o que foi, será; mas tudo isso em geral, não (como afirma Platão) em particular" (*De admirandis naturae arcanis*, diálogo 52). Em 1643 Thomas Browne declarou, numa das primeiras notas do primeiro livro da *Religio medici*: "Ano de Platão — *Plato's year* — é um decurso de séculos depois do qual todas as coisas recuperarão seu estado anterior e Platão, em sua escola, mais uma vez explicará essa doutrina". Nesse primeiro modo de conceber o Eterno Retorno, o argumento é astrológico.

O segundo está vinculado à glória de Nietzsche, o mais patético de seus inventores ou divulgadores. Justifica-o um princípio algébrico: a observação de que um número *n* de objetos — átomos na hipótese de Le Bon, forças na de Nietzsche, corpos simples na do comunista Blanqui — é incapaz de um número infinito de variações. Das três doutrinas que enumerei, a mais bem refletida e a mais complexa é a de Blanqui. Este, como Demócrito (Cícero: *Questões acadêmicas*, livro segundo, 40), abarrota não só o tempo, como também o interminável espaço, de mundos fac-similares e de mundos dessemelhantes. Seu livro, lindamente intitulado *L'Eternité par les astres*, é de 1872. Muito anterior é uma afirmação lacônica mas suficiente de David Hume; encontra-se nos *Dialogues Concerning Natural Religion* (1779), cuja tradução foi empreendida por Schopenhauer; afirmação essa que até hoje, que eu saiba, ninguém destacou. Traduzo-a literalmente: "Não imaginemos a matéria infinita, como fez Epicuro; imaginemo-la finita. Um número finito de partículas não é passível de sofrer infinitas transposições; numa duração eterna, todas as ordens e colocações possíveis ocorrerão um número infinito de vezes. Este mundo, com todos os seus detalhes, até os mais minúsculos, foi elaborado e aniquilado, e será elaborado e aniquilado: infinitamente" (*Dialogues*, VIII).

A respeito dessa série perpétua de histórias universais idênticas observa Bertrand Russell: "Muitos escritores acreditam que a história é cíclica, que o atual estado do mundo, em seus pormenores mais ínfimos, cedo ou tarde voltará. Como formulam essa hipótese? Digamos que o estado posterior é numericamente idêntico ao anterior; não podemos dizer que esse estado ocorre duas vezes, pois isso postularia um sistema cronológico — *since that would imply a system of dating* — que a hipótese nos proíbe. O caso equivaleria ao de um homem que dá a volta ao mundo: ele não afirma que o ponto de partida e o ponto de chegada são dois lugares diferentes mas muito semelhantes; afirma que são o mesmo lugar. A hipótese de que a história é cíclica pode ser enunciada da seguinte maneira: formemos o conjunto de todas as circunstâncias contemporâneas a uma determinada circunstância; em certos casos todo o conjunto se precede a si mesmo" (*An Inquiry into Meaning and Truth*, 1940, p. 102).

Chego ao terceiro modo de interpretar as eternas repetições: o menos pavoroso e melodramático, mas também o único imaginável. Refiro-me à concepção de ciclos similares, não idênticos. Impossível fazer o catálogo infinito de autoridades: penso nos dias e nas noites de Brama; nos períodos cujo imóvel relógio é uma pirâmide muito lentamente desgastada pela asa de um pássaro que nela roça a cada mil e um anos; nos homens de Hesíodo, que degeneram do ouro para o ferro; no mundo de Heráclito, que é gerado pelo fogo e que ciclicamente devora o fogo; no mundo de Sêneca e de Crisipo, em sua aniquilação pelo fogo, em sua renovação pela água; na quarta bucólica de Virgílio e no esplêndido eco de Shelley; no Eclesiastes; nos teósofos; na história decimal idealizada por Condorcet; em Francis Bacon e em Uspenski; em Gerald Heard, Spengler e Vico; em Schopenhauer, em Emerson; nos *First Principles* de Spencer e em *Eureka* de Poe... Dessa profusão de testemunhos basta copiar um, de Marco Aurélio: "Mesmo que os anos de tua vida fossem três mil ou dez vezes três mil, lembra-te de que ninguém perde outra vida a não ser a que vive agora, nem vive outra a não ser aquela que perde. O termo mais longo e o mais breve são, portanto, iguais. O presente é de todos; morrer é perder o presente, que é um lapso brevíssimo. Ninguém perde o passado nem o futuro, pois ninguém pode ser privado do que não tem. Lembra-te de que todas as coisas giram e tornam a girar pelas mesmas órbitas, e que para o espectador dá no mesmo vê-las um século, ou dois, ou infinitamente" (*Reflexões*, 14).

Se lemos com alguma seriedade as linhas precedentes (*id est*, se tomamos a decisão de não considerá-las mera exortação ou moralidade), veremos que apresentam, ou pressupõem, duas ideias curiosas. A primeira: negar a realidade do passado e do futuro. Essa ideia é enunciada nesta passagem de Schopenhauer: "A forma de surgimento da vontade é apenas o presente, não o passado nem o futuro: estes existem unicamente para o conceito e mediante a sujeição da consciência, submetida ao princípio da razão. Ninguém viveu o passado, ninguém viverá o futuro; o presente é a forma de toda vida" (*O mundo como vontade e representação*, primeiro volume, 54). A segunda: negar, como o Eclesiastes, toda novidade. A conjectura de que todas as experiências do homem são (de alguma maneira) análogas pode, à primeira vista, parecer um mero empobrecimento do mundo.

Se os destinos de Edgar Allan Poe, dos vikings, de Judas Iscariotes e de meu leitor são secretamente o mesmo — o único destino possível —, a história universal é a de um só homem. A rigor, Marco Aurélio não nos impõe essa simplificação enigmática. (Imaginei há tempos um conto fantástico à maneira de Leon Bloy: um teólogo dedica toda a sua vida a rebater um heresiarca; derrota-o em complexas polêmicas, denuncia-o, manda queimá-lo; no Céu, descobre que para Deus o heresiarca e ele são uma só pessoa.) Marco Aurélio afirma a analogia, não a identidade, dos muitos destinos individuais. Afirma que todo lapso — um século, um ano, uma única noite, talvez o impalpável presente — contém integralmente a história. Em sua forma extrema, essa conjectura é facilmente refutável: um sabor difere de outro sabor, dez minutos de dor física não equivalem a dez minutos de álgebra. Aplicada a grandes períodos, aos setenta anos de idade que o Livro dos Salmos nos atribui, a conjectura é verossímil ou tolerável. Limita-se a afirmar que o número de percepções, de emoções, de pensamentos, de vicissitudes humanas é limitado, e que o esgotaremos antes da morte. Marco Aurélio insiste: "Quem contemplou o presente contemplou todas as coisas: as que ocorreram no insondável passado, as que ocorrerão no futuro" (*Reflexões*, livro sexto, 37).

Em tempos de apogeu a conjectura de que a existência do homem é uma grandeza constante, invariável, pode ser causa de tristeza ou de irritação; em tempos de declínio (como estes), é a promessa de que nenhum opróbrio, nenhuma calamidade, nenhum ditador poderá nos empobrecer.

os tradutores d'*as mil e uma noites*

1. O CAPITÃO BURTON

Em Trieste, em 1872, num palácio com estátuas úmidas e instalações sanitárias deficientes, um cavalheiro com o rosto marcado por uma cicatriz africana — o capitão Richard Francis Burton, cônsul inglês — empreendeu uma famosa tradução do *Quitab alif laila ua laila*, livro que os rumes também chamam de *As mil e uma noites*. Uma das finalidades secretas de seu trabalho era a aniquilação de outro cavalheiro (também de barba tenebrosa de mouro, também curtido) que estava compilando na Inglaterra um vasto dicionário e que morreu muito antes de ser aniquilado por Burton. Tratava-se de Edward Lane, o orientalista, autor de uma versão extremamente escrupulosa d'*As mil e uma noites*, que suplantara a outra, de Galland. Lane traduziu contra Galland, Burton contra Lane; para entender Burton, é preciso entender essa dinastia inimiga.

Começo pelo fundador. É sabido que Jean Antoine Galland era um arabista francês que levou de Istambul uma paciente coleção de moedas, uma monografia sobre a difusão do café, um exemplar árabe das *Noites* e um maronita adicional, de memória não menos inspirada que a de Xerazade. Devemos a esse obscuro assessor

— cujo nome não quero esquecer e que, ao que dizem, é Hanna — certos contos fundamentais, que o original não conhece: o de Aladim, o dos Quarenta Ladrões, o do príncipe Ahmed e a fada Peri Banu, o de Abulhasan, o adormecido desperto, o da aventura noturna de Harum Al Rashid, o das duas irmãs invejosas da irmã mais moça. Basta enumerar esses nomes para demonstrar que Galland estabelece um cânone, incorporando histórias que o tempo tornará indispensáveis e que os tradutores vindouros — seus inimigos — não ousariam omitir.

Há outro fato inegável. Os mais famosos e felizes elogios d'*As mil e uma noites* — o de Coleridge, o de Thomas de Quincey, o de Stendhal, o de Tennyson, o de Edgar Allan Poe, o de Newman — são de leitores da tradução de Galland. Passaram-se duzentos anos e dez traduções melhores, mas o homem da Europa ou das Américas que pensa n'*As mil e uma noites* invariavelmente pensa nessa primeira tradução. O epíteto [em espanhol da Argentina] "milyunanochesco" ("milyunanochero" padece de *criollismo*, "milyunanocturno" de divergência) nada tem a ver com as eruditas obscenidades de Burton ou de Mardrus, e tudo com as joias e magias de Antoine Galland.

Palavra a palavra, a versão de Galland é a mais mal escrita de todas, a mais impostora e a mais fraca, mas foi a mais bem lida. Aqueles que privaram com ela, conheceram a felicidade e o assombro. Seu orientalismo, que agora nos parece frugal, deslumbrou a todos os que aspiravam rapé e tramavam uma tragédia em cinco atos. Doze primorosos volumes foram publicados entre 1707 e 1717, doze volumes com um número incontável de leitores e que chegaram a diversos idiomas, inclusive o hindustâni e o árabe. Nós, meros leitores anacrônicos do século XX, percebemos neles o sabor adocicado do século XVIII, e não o sublime perfume oriental que há duzentos anos determinou sua novidade e sua glória. Ninguém tem culpa da discórdia — muito menos Galland. Por vezes, as alterações do idioma o prejudicam. No prefácio de uma tradução alemã d'*As mil e uma noites*, o doutor Weil escreveu que os mercadores do imperdoável Galland se munem de uma "valise de tâmaras" toda vez que a história os obriga a atravessar o deserto. Seria possível argumentar que por volta de 1710 a menção às tâmaras seria suficiente para eliminar a imagem da valise, mas é desnecessário: *valise*, na época, era uma subclasse de *alforje*.

Há outras agressões. Em certo panegírico atarantado que sobrevive nos *Morceaux choisis* de 1921, André Gide invectiva contra as licenças de Antoine Galland para melhor obliterar (com uma ingenuidade muito superior a sua reputação) a literalidade de Mardrus, tão *fin de siècle* quanto aquele é século XVIII, e muito mais infiel.

As críticas de Galland são convencionais; inspiram-nas o decoro, e não a moral. Copio algumas linhas da terceira página de suas *Noites*: *Il alla droit à l'appartement de cette princesse, qui, ne s'attendant pas à le revoir, avait reçu dans son lit un des derniers officiers de sa maison.* Burton concretiza esse nebuloso *officier*: "um cozinheiro negro, rançoso de gordura de cozinha e de fuligem". Os dois, cada um a sua maneira, deformam: o original é menos formal que Galland e menos engordurado que Burton. (Efeitos do decoro: na comedida prosa daquele, a circunstância *recevoir dans son lit* tem uma ressonância brutal.)

Noventa anos depois da morte de Antoine Galland nasce um tradutor diferente das *Noites*: Edward Lane. Seus biógrafos não se cansam de repetir que ele é filho do doutor Theophilus Lane, pároco de Hereford. Esse dado genético (e a terrível Forma que evoca) talvez seja suficiente. Cinco estudiosos anos viveu o arabizado Lane no Cairo, "quase exclusivamente entre muçulmanos, falando e ouvindo seu idioma, adaptando-se a seus costumes com o mais perfeito cuidado e recebido por todos eles como um igual". Mesmo assim, nem as altas noites egípcias, nem o opulento e negro café com semente de cardamomo, nem a frequente discussão literária com os doutores da lei, nem o venerado turbante de musselina, nem o fato de comer com os dedos o fizeram esquecer seu pudor britânico, a delicada solidão central dos senhores do mundo. Daí que sua versão eruditíssima das *Noites* seja (ou pareça ser) uma simples enciclopédia da evasão. O original não é profissionalmente obsceno; Galland corrige as ocasionais grosserias por acreditar que são de mau gosto. Lane as esquadrinha e persegue como um inquisidor. Sua probidade não pactua com o silêncio: prefere um alarmado coro de notas num apertado corpo menor, que murmura coisas como estas: "Pulo um episódio altamente repreensível. Suprimo uma explicação repugnante. Aqui, uma linha grosseira demais para ser traduzida. Sou obrigado a suprimir outra história. A partir daqui, omito várias coisas. Aqui a história do escravo Bujait, totalmente inadequada para tradução". A mutilação não exclui a morte: há contos integralmente repelidos "porque não podem ser purificados sem destruição". Esse repúdio responsável e total não me parece ilógico: o que condeno é o subterfúgio puritano. Lane é um virtuoso do subterfúgio, inquestionável precursor dos pudores mais estranhos de Hollywood. Minhas anotações me proporcionam alguns exemplos. Na noite 391, um pescador apresenta um peixe ao rei dos reis e este quer saber se é um macho ou uma fêmea; dizem-lhe que é um peixe hermafrodita. Lane consegue aplacar esse colóquio improcedente traduzindo que o rei perguntou de que espécie é o animal e que o astuto pescador lhe responde que é de uma espécie mista. Na noite 217, fala-se de um rei que tem duas mulheres e que numa noite se deitava com a primeira e na noite seguinte com a outra, e que assim viveram felizes. Lane elucida a felicidade daquele monarca dizendo que tratava suas mulheres "com imparcialidade...". Uma das razões é que ele destinava sua obra "à mesinha da sala", centro da leitura sem sobressaltos e da conversa recatada.

Basta a mais oblíqua e efêmera alusão carnal para que Lane deixe sua honra de lado e passe a praticar os maiores malabarismos em matéria de distorção e encobrimento. São esses os seus deslizes. Sem o contato peculiar dessa tentação, Lane é de uma fidelidade admirável. Carece de propósitos, o que, positivamente, é uma vantagem. Não se propõe realçar as tonalidades bárbaras das *Noites* como o capitão Burton, nem esquecê-las e atenuá-las, como Galland. Este domesticava seus árabes, para que não destoassem irreparavelmente em Paris; Lane é minuciosamente agareno. Este ignorava toda precisão literal; Lane justifica sua interpretação de cada palavra questionável. Este invocava um manuscrito invisível e um maronita morto; Lane fornece a edição e a página. Este não estava interessado em notas; Lane acumula um caos de esclarecimentos que, organizados, formam um volume independente. Diferir: essa é a norma imposta por seu precursor. Lane tratará de obedecer a essa norma: bastará não resumir o original.

A bela discussão Newman-Arnold (1861-62), mais memorável que seus dois interlocutores, discorreu longamente sobre as duas maneiras gerais de traduzir. Nela, Newman defendeu o modo literal, a manutenção de todas as singularidades verbais; Arnold, a severa eliminação dos detalhes que possam distrair ou deter a leitura. Esta conduta pode proporcionar os prazeres da uniformidade e da gravidade; aquela, os dos pequenos e incessantes assombros. Ambas são menos importantes do que o tradutor e seus hábitos literários. Traduzir o espírito é uma intenção tão imensa e tão utópica que bem pode parecer inofensiva; traduzir a letra, uma precisão tão extravagante que não há perigo de que a ensaiem. Mais grave do que esses infinitos propósitos é a manutenção ou a supressão de certos pormenores; mais grave do que essas preferências e esquecimentos é o movimento sintático. O de Lane é ameno, como convém à distinta mesinha. Em seu vocabulário, é comum repreender um excesso de palavras latinas, não resgatadas por nenhum artifício de brevidade. É distraído: na página que antecede sua tradução, utiliza o adjetivo *romântico*, o que é uma espécie de futurismo, numa boca muçulmana e barbada do século XII. Às vezes a falta de sensibilidade o favorece, pois permite que interpole vozes muito simplórias num parágrafo nobre, com sucesso involuntário. O exemplo mais rico dessa cooperação de palavras heterogêneas deve ser este que transcrevo: *And in this palace is the last informa-*

tion respecting lords collected in the dust. Outro pode ser esta invocação: "Pelo Vivente que não morre nem há de morrer, pelo nome d'Aquele a quem pertencem a glória e a permanência". Em Burton — ocasional precursor do sempre fabuloso Mardrus — eu desconfiaria de fórmulas tão satisfatoriamente orientais; em Lane elas são tão escassas que sou levado a acreditar que são involuntárias, ou seja, genuínas.

O escandaloso decoro das versões de Galland e de Lane provocou um tipo de fraude que é tradicional repetir. Eu mesmo não me furtei a essa tradição. É bem sabido que elas não foram fiéis ao infeliz que viu a Noite do Poder, nem às imprecações de um lixeiro do século XIII esbulhado por um dervixe, nem aos costumes de Sodoma. É bem sabido que as *Noites* foram desinfetadas.

Os detratores argumentam que esse processo aniquila ou fere a bela ingenuidade do original. Cometem um erro: o *Livro das mil noites mais uma* não é (moralmente) ingênuo; ele é uma adaptação de antigas histórias de gosto um tanto plebeu, ou soez, das classes médias do Cairo. Fora os contos exemplares do *Sendebar*, os despudores d'*As mil e uma noites* nada têm a ver com a liberdade do estado paradisíaco. São especulações do editor: seu objetivo é provocar uma boa risada, seus heróis nunca são mais que carregadores, mendigos ou eunucos. As antigas histórias amorosas do repertório, as que narram casos do Deserto ou das cidades da Arábia, não são obscenas, assim como não é obsceno nenhum produto da literatura pré-islâmica. São histórias apaixonadas e tristes, e um de seus temas prediletos é a morte por amor, aquela morte que uma sentença proferida por ulemás declarou não ser menos santa que a do mártir, a qual comprova a fé... Se estivermos de acordo com esse argumento, talvez vejamos a timidez de Galland e de Lane como a reconstituição de uma redação primitiva.

Tenho um argumento melhor. Eludir as ocasiões eróticas do original não é uma daquelas culpas que o Senhor não perdoa, se o que importa é destacar o ambiente mágico. Oferecer aos homens um novo *Decameron* é uma operação comercial como tantas outras; oferecer-lhes um *Ancient Mariner* ou um *Bateau ivre* já merece outro céu. Littmann observa que *As mil e uma noites* é, antes de mais nada, um repertório de maravilhas. A imposição universal desse parecer em todas as mentes ocidentais é obra de Galland. Que não haja dúvida quanto a isso. Menos felizes do que nós, os árabes dizem pouco ligar para o original: já conhecem os homens, os costumes, os amuletos, os desertos e os demônios que essas histórias nos revelam.

Em algum ponto de sua obra, Rafael Cansinos Asséns jura que é capaz de saudar as estrelas em catorze idiomas clássicos e modernos. Burton sonhava em dezessete idiomas e afirma ter dominado trinta e cinco: semitas, dravídicos, indo-europeus, etíopes... Esse caudal não esgota sua definição: é uma característica que está de acordo com as demais, igualmente excessivas. Ninguém menos exposto à repetida zombaria de *Hudibras* aos doutores capazes de não dizer absolutamente nada em vários idiomas: Burton era um homem com muitíssimo a dizer, e os setenta e dois volumes de sua obra continuam a dizê-lo. Destaco alguns títulos ao acaso: *Goa e as montanhas azuis*, 1851; *Sistema de exercícios de baioneta*, 1853; *Relato pessoal de uma pe-*

regrinação a Medina, 1855; *As regiões lacustres da África Equatorial*, 1860; *A cidade dos santos*, 1861; *Exploração das mesetas do Brasil*, 1869; *Sobre um hermafrodita das ilhas do Cabo Verde*, 1869; *Cartas dos campos de batalha do Paraguai*, 1870; *Última Thule ou um verão na Islândia*, 1875; *Na Costa do Ouro em busca de ouro*, 1883; *O livro da espada* (primeiro volume), 1884; *O jardim perfumado de Nafzauí* — obra póstuma, entregue às chamas por Lady Burton, bem como uma *Coletânea de epigramas inspirados por Príapo*. O escritor se deixa entrever nesta listagem: o capitão inglês apaixonado pela geografia e pelas incontáveis maneiras de ser um homem conhecidas pelos homens. Não difamarei sua memória comparando-o a Morand, cavalheiro bilíngue e sedentário que sobe e desce infinitamente nos elevadores de um idêntico hotel internacional e que venera o espetáculo de um baú... Burton, fantasiado de afegão, fizera peregrinações às cidades santas da Arábia: sua voz pedira ao Senhor que recusasse seus ossos e sua pele, sua dolorosa carne e seu sangue ao Fogo da Ira e da Justiça; sua boca, ressecada pelo simum, deixara um beijo no aerólito que se adora na Caaba. Essa aventura é famosa: o possível boato de que um incircunciso, um *nazrani*, estava profanando o santuário, teria determinado sua morte. Antes, envergando um hábito de dervixe, ele exercera a medicina no Cairo — não sem mesclá-la com a prestidigitação e a magia, para obter a confiança dos doentes. Por volta de 1858, estivera à frente de uma expedição às nascentes secretas do Nilo: posição que o levou a descobrir o lago Tanganica. No decorrer desse empreendimento foi acometido de febre alta; em 1855 os somalis atravessaram suas bochechas com uma lança. (Burton vinha de Harrar, que era uma cidade proibida para os europeus, no interior da Abissínia.) Nove anos mais tarde, provou da horrível hospitalidade dos cerimoniosos canibais do Daomé; quando voltou, não faltaram boatos (possivelmente espalhados, e certamente fomentados, por ele) de que "comera estranhas carnes" — como o onívoro procônsul de Shakespeare.[1] Os judeus, a democracia, o ministro das Relações Exteriores e o cristianismo eram seus ódios preferidos; Lord Byron, e o islã, suas venerações. Do solitário ofício de escrever fizera algo valoroso e plural: praticava-o desde o alvorecer, num vasto salão multiplicado por onze mesas, cada uma delas com o material para um livro — e uma ou outra com um claro jasmim num copo de água. Inspirou ilustres amizades e amores: das primeiras, não preciso apontar outra além da de Swinburne, que lhe dedicou a segunda série de *Poems and Ballads* — *in recognition of a friendship which I must always count among the highest honours of my life* — e que deplorou seu falecimento em

1 Refiro-me ao Marco Antônio invocado pela apóstrofe de César:

... on the Alps
It is reported, thou didst eat strange flesh
Which some did die to look on...

Nessas linhas, penso entrever algum reflexo invertido do mito zoológico do basilisco, serpente de olhar mortal. Plínio (*História natural*, livro oitavo, parágrafo 33) nada nos diz quanto às aptidões póstumas desse ofídio, mas suponho que a conjunção das duas ideias de olhar e morrer (*vedi Napoli e poi mori*) exerceu uma influência sobre Shakespeare.

O olhar do basilisco era venenoso; a Divindade, em compensação, pode matar de puro esplendor — ou de pura emanação de mana. A visão direta de Deus é intolerável. Moisés cobre o rosto no monte Horeb porque "teve medo de ver Deus"; Hakim, profeta de Kurassan, usou um véu quádruplo de seda branca para não cegar os homens. Cf. também Isaías, 6, 5, e 1 Reis, 19, 13.

muitas estrofes. Homem de palavras e feitos, Burton bem que pôde assumir a fanfarrice do *Divã* de Almotanabi:

O cavalo, o deserto, a noite me conhecem,
o hóspede e a espada, o papel e a pluma.

É preciso notar que, do antropófago *amateur* ao poliglota adormecido, não refutei as características de Richard Burton que — sem que isso signifique menos admiração — podemos chamar de legendárias. A razão é clara: o Burton da lenda de Burton é o tradutor das *Noites*. Aconteceu-me desconfiar que a diferença radical entre poesia e prosa está na expectativa muito diferente de quem as lê: a primeira pressupõe uma intensidade que na última é intolerável. Coisa parecida acontece com a obra de Burton: ela goza de um prestígio prévio com que nenhum arabista conseguiu competir. Nela estão os atrativos do proibido. Trata-se de uma edição única, limitada a mil exemplares para mil associados do Burton Club, com um compromisso judicial de não ser repetida. (A reedição de Leonard C. Smithers "omite determinadas passagens de péssimo gosto, cuja eliminação não será lamentada por ninguém"; a seleção representativa de Bennett Cerf — que faz de conta que é integral — foi retirada daquele texto purificado.) Arrisco a hipérbole: percorrer *As mil e uma noites* na tradução de Sir Richard não é menos incrível que percorrê-las "vertidas literalmente do árabe e comentadas" por Simbad, o Marinheiro.

Os problemas resolvidos por Burton são incontáveis, mas uma ficção conveniente pode reduzi-los a três: justificar e ampliar sua reputação de arabista; diferir ostensivamente de Lane; interessar a cavalheiros britânicos do século XIX com a versão escrita de contos muçulmanos e orais do século XIII. O primeiro desses objetivos talvez fosse incompatível com o terceiro; o segundo o induziu a uma falha grave, que passo a apontar. Nas *Noites* há centenas de dísticos e canções; Lane (incapaz de mentir, exceto no que se refere à carne) fizera uma tradução precisa deles, numa prosa agradável. Burton era poeta: em 1880 mandara imprimir *The Kasidah*, rapsódia evolucionista que Lady Burton sempre considerou muito superior às *Rubaiyat* de FitzGerald... A solução "prosaica" do rival não deixou de indigná-lo, e ele optou por uma transposição em versos ingleses — procedimento infeliz de antemão, já que era uma contravenção a sua própria regra de literalidade absoluta. O ouvido, ademais, ficou quase tão ofendido quanto a lógica. Não é impossível que o quarteto que se segue seja um dos melhores que compôs:

A night whose stars refused to run their course,
A night of those which never seem outworn:
Like Resurrection-day, of longsome length
To him that watched and waited for the morn.[2]

É bem possível que o pior não seja este:

2 A seguinte variação dos motivos de Albubeca de Ronda e Jorge Manrique também é memorável:

Where is the wight who peopled in the past
Hind-land and Sind; and there the tyrant played?...

A sun on wand in knoll of sand she showed,
Clad in her cramoisy-hued chemisette:
Of her lips' honey-dew she gave me drink
And with her rosy cheeks quencht fire she set.

Mencionei a diferença fundamental entre o público primitivo dos relatos e o clube de Burton, com seus associados. O primeiro era composto de gente rude, novidadeira, analfabeta, infinitamente desconfiada do presente e crédula na maravilha remota; os segundos eram senhores do West End, equipados para o desdém e a erudição, e não para o espanto ou as risadas. Aqueles achavam ótimo que a baleia morresse ao escutar o grito do homem; estes, que houvesse homens que dessem crédito ao fato de que um grito tivesse capacidade mortal. Os fatos fantásticos que acontecem no texto — sem dúvida suficientes no Cordofão ou no Bulak, onde eram apresentados como verdades — corriam o risco de parecer muito simplórios na Inglaterra. (Ninguém exige da verdade que seja verossímil ou imediatamente engenhosa: poucos leitores da *Vida e correspondência de Karl Marx* exigem indignados a simetria das *Contrerimes* de Toulet ou a severa precisão de um acróstico.) Para que os associados não se afastassem, Burton introduziu um grande número de notas explicativas "dos costumes dos homens islâmicos". Cabe dizer que esse terreno já fora ocupado antes por Lane. Indumentária, dieta cotidiana, práticas religiosas, arquitetura, referências históricas ou corânicas, jogos, artes, mitologia — tudo isso já estava esclarecido nos três volumes do incômodo precursor. Faltava, como seria de imaginar, a erótica. Burton (cujo primeiro ensaio estilístico fora um relato extremamente pessoal sobre os prostíbulos de Bengala) era despudoradamente capaz desse acréscimo. Um bom exemplo das delícias proibidas que atraíram sua atenção é certa nota arbitrária do sétimo volume, graciosamente intitulada, no índice, *capotes mélancoliques*. A *Edinburgh Review* acusou-o de escrever para a escória; a *Enciclopédia britânica* chegou à conclusão de que uma tradução integral seria inadmissível, e que a de Edward Lane "continuava sem rival para um uso realmente sério". Não nos indignemos excessivamente com essa obscura teoria da superioridade científica e documental do expurgo: Burton cortejava essas cóleras. No mais, as variações pouquíssimo variadas do amor físico não esgotam a atenção de seu comentário. Este é enciclopédico e pusilânime, e seu interesse está na razão inversa de sua necessidade. Assim, o volume seis (que tenho diante dos olhos) inclui cerca de trezentas notas, entre as quais cabe destacar as seguintes: uma condenação das prisões e uma defesa dos castigos físicos e das multas; alguns exemplos do respeito islâmico pelo pão; uma lenda sobre a capilaridade das pernas da rainha Belkis; uma definição das quatro cores emblemáticas da morte; uma teoria e prática oriental da ingratidão; a informação de que o cavalo malhado é o preferido dos anjos, assim como o alazão é o preferido dos gênios; um resumo da mitologia da secreta Noite do Poder ou Noite das Noites; uma denúncia da superficialidade de Andrew Lang; uma diatribe contra o regime democrático; uma relação dos nomes de Maomé na Terra, no Fogo e no Jardim; uma menção ao povo amalecita, de vida longa e longa estatura; um informe sobre as partes pudendas do muçulmano, que no homem vão do umbigo até o joelho e na mulher dos pés à cabeça; uma ponderação sobre o *asa'o* do *gaucho* argentino; uma advertência sobre as enfermidades da "equitação" quando a cavalgadura também for humana; um grandioso projeto de cruzar macacos cinocéfalos com mulheres e assim obter uma sub-raça de bons proletários. Aos cinquenta anos, o homem acumulou ternuras, ironias, obscenidades e numerosos casos; Burton despejou-os em suas notas.

Resta o problema fundamental. Como divertir os cavalheiros do século XIX com os folhetins do século XIII? A pobreza estilística das *Noites* é um fato bem conhecido. Em certa ocasião, Burton menciona o "tom seco e comercial" dos prosadores árabes, em contraposição ao excesso retórico dos persas; Littmann, o novíssimo tradutor, culpa-se de haver interpolado palavras como *perguntou*, *pediu*, *respondeu*, em cinco mil páginas que ignoram outra fórmula que não seja *disse* — invocada invariavelmente. Burton espalha amorosamente substituições desse tipo. Seu vocabulário não é menos díspar do que suas notas. O arcaísmo convive com a gíria, e o jargão carcerário ou marinheiro com o termo técnico. Pratica sem vacilar a gloriosa hibridação do inglês: nem o repertório escandinavo de Morris nem o latino de Johnson contam com seu beneplácito, mas o contato e a repercussão dos dois. O neologismo e os estrangeirismos estão por toda parte: *castrato*, *inconséquence*, *hauteur*, *in gloria*, *bagnio*, *langue fourrée*, *pundonor*, *vendetta*, *Wazir*. Cada uma dessas palavras deve ser justa, mas sua intercalação estabelece um estranhamento. Um bom estranhamento, já que essas travessuras verbais — juntamente com outras, sintáticas — dão movimento ao avanço às vezes tedioso das *Noites*. Burton as administra: no começo traduz solenemente *Sulayman, Son of David* (*on the twain he peace!*); em seguida — quando já nos familiarizamos com essa solenidade —, rebaixa-o a *Solomon Davidson*. Transforma um rei que para os outros tradutores é "rei de Samarcanda na Pérsia" em *a King of Samarcand in Barbarian-land*; um comprador que para os demais é "colérico", em *a man of wrath*. E isso não é tudo: Burton reescreve integralmente — adicionando pormenores circunstanciais e características fisiológicas — a introdução e o final da história. Inaugura assim, por volta de 1885, um procedimento cuja perfeição (ou cuja *reductio ad absurdum*) depois apreciaremos em Mardrus. Um inglês é sempre mais intemporal que um francês; o estilo heterogêneo de Burton envelheceu menos que o de Mardrus, que é datado.

2. O DOUTOR MARDRUS

Destino paradoxal, o de Mardrus. Atribuem-lhe a virtude *moral* de ser o tradutor mais fiel d'*As mil e uma noites*, livro de admirável luxúria, antes escamoteada aos compradores pela boa educação de Galland ou pelos pruridos puritanos de Lane. Venera-se sua genial literalidade, amplamente demonstrada pelo inapelável subtítulo *Versão literal e completa do texto árabe* e pela inspiração de escrever *Livro das mil noites mais uma*. A história com esse nome é edificante; podemos recordá-la antes de comentar Mardrus.

As *Pradarias de ouro e minas de pedras preciosas* do Masudi descrevem uma coletânea intitulada *Hezár Af-*

sane, palavras persas cujo sentido literal é *Mil aventuras* mas que as pessoas costumam chamar de *Mil noites*. Outro documento do século X, o *Fihrist*, conta a primeira história, que introduz a série: o juramento desolado do rei que a cada noite se casa com uma virgem, a qual manda decapitar ao nascer do sol, e a determinação de Xerazade, que o distrai com histórias maravilhosas até o momento em que os dois já passaram mil noites juntos e ela lhe mostra seu filho. Ao que dizem, essa ficção — tão superior às futuras e análogas da piedosa cavalgada de Chaucer ou da epidemia de Giovanni Boccaccio — é posterior ao título e foi inventada com o objetivo de justificá-lo... Seja como for, o primeiro total, 1000, de repente virou 1001. De onde saiu essa noite adicional que já se tornou imprescindível, essa *maquette* da zombaria de Quevedo — e mais tarde de Voltaire — a Pico de la Mirándola: *Livro de todas as coisas e mais muitas outras*? Littmann sugere uma contaminação da expressão turca *bin bir*, cujo sentido literal é *mil e um* e cujo uso é *muitos*. No início de 1840 Lane aventou uma razão mais atraente: o mágico temor aos números pares. Uma coisa é certa: as aventuras do título não ficaram só nisso. Desde 1704 Antoine Galland havia eliminado a repetição do original e traduziu *Mil e uma noites*: nome hoje familiar em todas as nações da Europa exceto na Inglaterra, que prefere *Noites árabes*. Em 1839 o editor da versão publicada em Calcutá, W. H. Macnaghten, teve o escrúpulo singular de traduzir *Quitab alif laila ua laila* por *Livro das mil noites mais uma*. Essa renovação mediante soletração não passou despercebida. A partir de 1882, John Payne começou a publicar seu *Book of the Thousand Nights and One Night*; a partir de 1885, foi a vez de o capitão Burton publicar seu

Book of the Thousand Nights and a Night; a partir de 1899, J. C. Mardrus publicou seu *Livre des mille nuits et une nuit.*

Procuro o trecho que me fez duvidar definitivamente da fidelidade deste último. Pertence à história doutrinária da Cidade de Latão, que em todas as suas versões inclui o fim da noite 566 e parte da 578, mas que o doutor Mardrus exportou (seu Anjo da Guarda deve saber por quê) para as noites 338-346. Não insisto; essa reforma inconcebível de um calendário ideal não deve esgotar nosso espanto. Conta Xerazade-Mardrus: "A água escorria por quatro canais riscados no piso da sala com curvas deliciosas, e cada canal possuía um leito de uma cor especial: o primeiro canal tinha um leito de pórfiro cor-de-rosa; o segundo, de topázios; o terceiro, de esmeraldas; e o quarto, de turquesas; de modo que a água tinha a cor do leito sobre o qual escorria, e, ferida pela luz suave que se filtrava através das sedas que pendiam do alto, projetava sobre os objetos do ambiente e sobre as paredes de mármore uma doçura de paisagem marítima".

Como ensaio de prosa visual à maneira do *Retrato de Dorian Gray*, aceito (e mesmo admiro) essa descrição; como versão "literal e completa" de um trecho escrito no século XIII, repito que ela me deixa infinitamente alarmado. São muitas as razões. Uma Xerazade sem Mardrus descreve por enumeração das partes, não por mútuas reações, e não fornece detalhes circunstanciais como o da água que assume a cor de seu leito, e não define a qualidade da luz filtrada pela seda, e não se refere ao Salão dos Aquarelistas na imagem final. Outra pequena fissura: *curvas deliciosas* não é árabe, mas visivelmente francês. Não sei se as razões anteriores podem ser suficientes;

para mim, não foram, e tive o prazer indolente de consultar as três versões alemãs, de Weil, de Henning e de Littmann, e as duas inglesas, de Lane e de Sir Richard Burton. Nelas, constatei que o original das dez linhas de Mardrus era este: "Os quatro regos desembocavam num tanque, que era de mármore de variadas cores".

As interpolações de Mardrus não são uniformes. Acontece de serem descaradamente anacrônicas — como se de repente ele discutisse a retirada da missão Marchand. Por exemplo: "Dominavam uma cidade de sonho... Até onde alcançava a vista fixa nos horizontes afogados na noite, cúpulas de palácios, terraços de casas, serenos jardins, escalonavam-se naquele recinto de bronze, e canais iluminados pelo astro passeavam em mil circuitos claros à sombra dos maciços, enquanto lá no fundo um mar de metal continha em seu seio frio os fogos do céu refletido". Ou esta, cujo galicismo não é menos notório: "Uma magnífica tapeçaria de cores gloriosas de destra lã abria suas flores sem perfume num relvado sem seiva, e vivia toda a vida artificial de suas florestas cheias de pássaros e animais, surpreendidos em sua exata beleza natural e em suas linhas precisas". (As edições árabes trazem: "Aos lados havia tapetes com diferentes pássaros e feras, recamados de ouro vermelho e de prata branca, mas com os olhos de pérolas e rubis. Todo aquele que os contemplou, maravilhou-se".)

Mardrus nunca deixa de ficar maravilhado com a pobreza de "colorido oriental" d'*As mil e uma noites*. Com uma persistência não indigna de Cecil B. DeMille, prodigaliza vizires, beijos, palmeiras e luas. Acontece-lhe de ler, na noite 570: "Atingiram uma coluna de pedra negra na qual um homem estava enterrado até as axilas. Tinha duas enormes asas e quatro braços: dois dos quais eram como os braços dos filhos de Adão e dois como as patas dos leões, com unhas de ferro. O cabelo em sua cabeça lembrava as caudas dos cavalos, e os olhos pareciam brasas; e em sua testa havia um terceiro olho que era como o olho do lince". Traduz exuberantemente: "Num entardecer, a caravana parou diante de uma coluna de pedra negra à qual estava acorrentado um estranho ser do qual só se via sobressair metade do corpo, já que a outra metade estava enterrada no chão. Aquele busto que surgia da terra parecia alguma criatura monstruosa cravada naquele lugar pela força das potências infernais. Era negro e do tamanho do tronco de uma velha palmeira apodrecida, despojada de suas palmas. Tinha duas enormes asas negras e quatro mãos, duas das quais lembravam as patas dos leões com suas garras. Uma eriçada cabeleira de crinas ásperas como a cauda do onagro balançava ferozmente sobre seu crânio horrendo. Sob os arcos orbitais faiscavam duas pupilas rútilas, enquanto a testa de cornos duplos era perfurada por um único olho, que se abria imóvel e fixo, lançando chispas verdes como o olhar dos tigres e das panteras".

Um pouco mais adiante, escreve: "O bronze das muralhas, as pedrarias iluminadas das cúpulas, os terraços alvos, os canais e todo o mar, bem como as sombras projetadas na direção do Ocidente, mesclavam-se sob a brisa noturna e a lua mágica". Mágica, para um homem do século XIII, deve ter sido uma qualificação muito precisa, e não o mero epíteto mundano do galante doutor... Desconfio que o árabe não é capaz de uma versão "literal e completa" do parágrafo de Mardrus, assim como tampouco o é o latim, ou o castelhano de Miguel de Cervantes.

O livro d'*As mil e uma noites* recorre repetidamente a dois procedimentos: um, puramente formal, é a prosa rimada; outro, os discursos morais. O primeiro, mantido por Burton e Littmann, corresponde aos entusiasmos do narrador: pessoas formosas, palácios, jardins, operações mágicas, referências à Divindade, ocasos, batalhas, auroras, inícios e finais de contos. Mardrus, talvez por piedade, omite-o. O segundo exige duas faculdades: a de combinar com majestade palavras abstratas e a de propor sem acanhamento um lugar-comum. Mardrus não dispõe de nenhuma das duas. Daquele versículo que Lane, memoravelmente, traduziu por: *And in this palace is the last information respecting lords collected in the dust*, nosso doutor extrai simplesmente: "Passaram, todos eles! Mal tiveram tempo de repousar à sombra de minhas torres". A confissão do anjo: "Estou aprisionado pelo Poder, confinado pelo Esplendor, e castigado enquanto o Eterno assim o determinar, pois a Ele pertencem a Força e a Glória", é, para o leitor de Mardrus: "Aqui estou, acorrentado pela Força Invisível até o fim dos séculos".

A feitiçaria também não conta com a assistência benévola de Mardrus. Ele é incapaz de mencionar o sobrenatural sem um sorrisinho. Finge traduzir, por exemplo: "Um dia em que o califa Abdelmelik, ao ouvir falar de certas vasilhas de cobre antigo cujo conteúdo era uma estranha fumaça negra de formato diabólico, se sentia sobremaneira abismado e parecia pôr em dúvida a realidade de acontecimentos tão notórios, foi preciso que interviesse o viajante Talib ben-Sahl". Nesse parágrafo (que faz parte, como os outros que apresentei, da História da Cidade de Latão, que em Mardrus é de imponente Bronze), a candura intencional de *tão notórios* e a dúvida bastante inverossímil do califa Abdelmelik são dois mimos pessoais do tradutor.

Sem descanso, Mardrus pretende completar o trabalho negligenciado pelos lânguidos árabes anônimos. Adiciona paisagens *art nouveau*, boas obscenidades, breves interlúdios cômicos, características circunstanciais, simetrias, muito orientalismo visual. Um exemplo, entre tantos: na noite 573, o *guali* Muza Bennuseir ordena a seus ferreiros e carpinteiros que construam uma escada muito forte de ferro e madeira. Mardrus (em sua noite 344) reforma esse episódio insípido acrescentando que os homens do acampamento foram atrás de galhos secos, que em seguida limparam utilizando seus alfanjes e suas facas, e os ataram com os turbantes, os cinturões, as cordas dos camelos, as cinchas e os arreamentos de couro, até construir uma escada muito alta que apoiaram contra a parede, firmando-a com pedras por todos os lados... Em geral, é correto dizer que Mardrus não traduz as palavras, e sim as representações do livro: liberdade negada aos tradutores, mas tolerada nos ilustradores — que têm permissão para adicionar detalhes desse tipo... Não sei se essas distrações sorridentes são as responsáveis por dar a essa obra seu ar tão feliz, seu ar de patranha pessoal, e não de tarefa de tirar dicionários da estante. Só sei que a "tradução" de Mardrus é a mais legível de todas — depois da incomparável de Burton, que também não é fiel. (Nesta última, a falsificação é de outra ordem: está no uso gigantesco de um inglês interiorano, carregado de arcaísmos e barbarismos.)

Eu acharia deplorável (não por Mardrus, mas por mim) que nos exemplos anteriores se visse um propósito policial. Mardrus é o único arabista de cuja glória os literatos se encarregaram, com um êxito tão estrondoso que até os próprios arabistas sabem quem ele é. André Gide foi um dos primeiros a elogiá-lo, em agosto de 1899; acho que Cancela e Capdevila não serão os últimos. Meu objetivo não é demolir essa admiração, mas documentá-la. Elogiar a fidelidade de Mardrus é omitir a alma de Mardrus, é não fazer a menor alusão a Mardrus. Só devemos nos importar com sua infidelidade, sua infidelidade criadora e feliz.

3. ENNO LITTMANN

Pátria de uma famosa edição árabe d'*As mil e uma noites*, a Alemanha pode se (vã) gloriar de ter quatro versões: a do "bibliotecário embora israelita" Gustav Weil — a adversativa está nas páginas catalãs de certa Enciclopédia —; a de Max Henning, tradutor do Corão; a do homem de letras Félix Paul Greve; a de Enno Littmann, decifrador das inscrições etíopes da fortaleza de Axum. Os quatro volumes da primeira (1839-42) são os mais agradáveis, já que o autor — desterrado da África e da Ásia pela disenteria — trata de manter ou de fornecer o estilo oriental. Para mim, suas interpolações são dignas de todo o respeito. Faz com que certos intrusos numa reunião afirmem: "Não queremos nos parecer com a manhã, que acaba com as festas". De um generoso rei, afirma: "O fogo que arde para seus hóspedes trai a memória do Inferno, e o orvalho de sua mão benigna é como o Dilúvio"; de outro, diz-nos que suas mãos "eram tão generosas quanto o mar". Essas boas apocrifias não são indignas de Burton ou Mardrus, e o tradutor as destinou às partes em verso — onde seu belo entusiasmo pode ser um *Ersatz* ou o sucedâneo das rimas originais. No que se refere à prosa, entendo que a traduziu tal qual, com certas omissões justificadas, equidistantes da hipocrisia e do despudor. Burton elogiou seu trabalho — "tão fiel quanto pode ser uma tradução de índole popular". Não por acaso era judeu, o doutor Weil, "embora bibliotecário"; em sua linguagem penso perceber um certo sabor das Escrituras.

A segunda versão (1895-97) prescinde dos encantos da pontualidade, mas também dos do estilo. Refiro-me à realizada por Henning, arabista de Leipzig, para a *Universalbibliothek* de Philipp Reclam. Trata-se de uma versão expurgada, embora a editora diga o oposto. O estilo é insípido, uniforme. Sua virtude mais indiscutível deve ser a extensão. As edições de Bulak e de Breslau estão representadas, assim como os manuscritos de Zotenberg e das Noites Suplementares de Burton. Henning tradutor de Sir Richard é literariamente superior a Henning tradutor do árabe, o que não passa de uma confirmação da primazia de Sir Richard sobre os árabes. No prefácio e na conclusão da obra há numerosos elogios a Burton — quase desautorizados pela informação de que este utilizou "a linguagem de Chaucer, equivalente ao árabe medieval". Teria sido mais adequado apontar Chaucer como *uma* das fontes do vocabulário de Burton. (Outra é o *Rabelais* de Sir Thomas Urquhart.)

A terceira versão, a de Greve, deriva da inglesa de Burton e a repete, exceto as enciclopédicas notas. Foi publicada antes da guerra pela Insel-Verlag.

A quarta (1923-28) vem suplantar a anterior. Tal como aquela, é composta de seis volumes; leva a assinatura de Enno Littmann: decifrador dos monumentos de Axum, enumerador dos 283 manuscritos etíopes existentes em Jerusalém, colaborador da *Zeitschrift für Assyriologie*. Sem as delongas complacentes de Burton, sua tradução é de uma franqueza absoluta. Ele não recua diante das obscenidades mais inefáveis: verte-as para seu tranquilo alemão, raras vezes para o latim. Não omite uma única palavra, nem mesmo as que registram — mil vezes — a passagem de cada noite para a noite seguinte. Despreza ou rechaça a cor local; foi necessária uma instrução dos editores para que mantivesse o nome de Alá e não o substituísse por Deus. Tal como Burton e John Payne, traduz o verso árabe para o verso ocidental. Anota ingenuamente que, se depois da advertência ritual "Fulano pronunciou estes versos" houvesse um parágrafo de prosa alemã, seus leitores ficariam desconcertados. Fornece as notas necessárias para o bom entendimento do texto: umas vinte por volume, todas lacônicas. É sempre lúcido, legível, medíocre. Acompanha (dizem-nos) a própria respiração do árabe. Se a *Enciclopédia britânica* não está enganada, sua tradução é a melhor de quantas circulam. Ouço dizer que os arabistas estão de acordo; não faz a menor diferença se um mero literato — e ainda por cima da República meramente Argentina — prefere discordar.

Minha razão é esta: as versões de Burton e de Mardrus, e ainda a de Galland, só têm condições de ser concebidas *a partir de uma literatura*. Sejam quais forem seus vícios ou seus méritos, essas obras características pressupõem um rico processo anterior. De alguma maneira, o quase inesgotável processo inglês está esboçado em Burton — a dura obscenidade de John Donne, o gigantesco vocabulário de Shakespeare e de Cyril Tourneur, a ficção arcaica de Swinburne, a erudição crassa dos tratadistas dos 1600, a energia e a imprecisão, o amor pelas tempestades e pela magia. Nos risonhos parágrafos de Mardrus convivem *Salammbô* e La Fontaine, o *Manequí de mimbre* e o balé russo. Em Littmann, como Washington incapaz de mentir, não há nada além da probidade da Alemanha. É tão pouco, é pouquíssimo. O contato entre as *Noites* e a Alemanha deveria ter produzido mais do que isso.

Já no terreno filosófico, já no terreno do romance, a Alemanha possui uma literatura incrível — melhor dizendo, *só* possui uma literatura incrível. Há maravilhas nas *Noites* que eu gostaria de ver transpostas para o alemão. Ao formular esse desejo, penso nos milagres deliberados do repertório — nos escravos todo-poderosos de uma lâmpada ou de um anel, na rainha Lab, que transforma os muçulmanos em pássaros, no barqueiro de cobre com talismãs e fórmulas no peito — e também nos mais gerais, que decorrem de sua índole coletiva, da necessidade de completar mil e uma seções. Esgotadas as mágicas, os copistas tiveram de recorrer a acontecimentos históricos ou piedosos cuja inclusão parece avalizar a boa-fé do resto. Convivem num mesmo tom o rubi que sobe aos céus e a primeira descrição de Sumatra, as características da corte dos abássidas e os anjos de prata cujo alimento é a justificativa do Senhor. Essa mistura fica poética; o mesmo afirmo de certas repetições. Não é sensacional que na noite 602 o rei Xariar ouça sua própria história da boca da rainha? De acordo com a moldura geral, uma história costuma conter outras histórias, da mesma extensão: cenas dentro da cena como na tragédia de Hamlet, o sonho elevado a potência. Um árduo e claro verso de Tennyson parece defini-las:

Laborious orient ivory, sphere in sphere.

Para maior assombro, essas cabeças adventícias da Hidra podem ser mais concretas que o corpo: Xariar, fabuloso rei "das Ilhas da China e do Hindustão", recebe notícias de Tárik Benzeyad, governador de Tânger e vencedor da Batalha do Guadalete... As antessalas se confundem com os espelhos, a máscara está debaixo do rosto, ninguém mais sabe qual é o homem verdadeiro e quais são seus ídolos. E nada disso importa; essa desordem é trivial e aceitável como as invenções do devaneio.

O acaso julgou as simetrias, o contraste, a digressão. O que não faria um homem, um Kafka, que organizasse e acentuasse esses jogos, que os refizesse conforme a deformação alemã, conforme a *Unheimlichkeit* da Alemanha?

Adrogué, 1935

Entre os livros consultados, devo mencionar os seguintes:

Les Mille et Une Nuits, contes arabes traduits par Galland. Paris, s. d.

The Thousand and One Nights, commonly called The Arabian Nights Entertainments. A new translation from the Arabic, by E. W. Lane. London, 1839.

The Book of the Thousand Nights and a Night. A plain and literal translation by Richard F. Burton. London (?), s. d. Vols. VI, VII e VIII.

The Arabian Nights. A complete (sic) and unabridged selection from the famous literal translation of R. F. Burton, New York, 1932.

Le Livre des Mille Nuits et Une Nuit. Traduction littérale et complète du texte arabe, par le Dr. J. C. Mardrus. Paris, 1906.

Tausend und eine Nacht. Aus dem Arabischen übertragen von Max Henning. Leipzig, 1897.

Die Erzählungen aus den Tausendundein Nächten. Nach dem arabischen Urtext der Calcuttaer Ausgabe vom Jahre 1839 übertragen von Enno Littmann. Leipzig, 1928.

duas notas

A APROXIMAÇÃO A ALMOTÁSIM

Phillip Guedalla escreve que o romance *The Approach to Al-Mu'tasim*, do advogado Mir Bahadur Ali, de Bombaim, "é uma mistura um tanto incômoda (*a rather uncomfortable combination*) daqueles poemas alegóricos do islã que raramente deixam de interessar a seu tradutor com aqueles romances policiais que inevitavelmente superam John H. Watson e aperfeiçoam o horror da vida humana nas pensões mais impecáveis de Brighton". Antes, Mr. Cecil Roberts denunciara, no livro de Bahadur, "a dupla, inverossímil tutela de Wilkie Collins e do ilustre persa do século XII Ferid Eddin Attar" — tranquila observação que Guedalla repete sem novidades, mas num dialeto colérico. Essencialmente, os dois escritores estão de acordo: ambos indicam o mecanismo policial da obra e sua *undercurrent* mística. Essa hibridação pode levar-nos a imaginar alguma semelhança com Chesterton; já demonstraremos que tal fato inexiste.

A *editio princeps* da *Aproximação a Almotásim* foi publicada em Bombaim no final de 1932. O papel era quase papel-jornal; a capa deixava claro para o comprador que aquele era o primeiro romance policial escrito por um natural de Bombay City. Em poucos meses, o público esgotou quatro tiragens de mil exemplares cada. A *Bombay Quarterly Review*, a *Bombay Gazette*, a *Calcutta Review*, a *Hindustan Review* (de Alahabad) e a *Calcutta Englishman* dedicaram-lhe seus ditirambos. Nesse momento Bahadur publicou uma edição ilustrada, a que deu o título de *The Conversation with the Man Called Al-Mu'tasim* e o belo subtítulo de *A Game with Shifting Mirrors* (Um jogo com espelhos que se deslocam). É a edição que acaba de ser relançada em Londres por Victor Gollancz, com prólogo de Dorothy L. Sayers e omissão — talvez misericordiosa — das ilustrações. Tenho-a diante de mim; não consegui reunir-me à primeira, que pressinto muito superior. A isso me autoriza um apêndice, que resume a diferença fundamental entre a versão primitiva, de 1932, e a de 1934. Antes de examiná-la — e de discuti-la —, convém que eu indique rapidamente o curso geral da obra.

Seu protagonista visível — cujo nome nunca nos é dito — é estudante de direito em Bombaim. Blasfematoriamente, duvida da fé islâmica de seus pais, mas, quando a décima noite da lua de *muharram* declina, ele se vê no centro de um confronto civil entre muçulmanos e hindus. É uma noite de tambores e invocações: em meio à multidão adversa, os grandes pálios de papel da procissão muçulmana abrem passagem. Um tijolo hindu é lançado de um balcão; alguém enfia um punhal num abdome; alguém — muçulmano? hindu? — morre e é pisoteado. Três mil homens combatem: bastão contra revólver, obscenidade contra imprecação, Deus, o Indivisível, contra os Deuses. Atônito, o estudante livre-pensador entra no motim. Com as desesperadas mãos, mata (ou acredita ter matado) um hindu. Estrondosa, equestre, semiadormecida, a polícia do Sirkar intervém com golpes imparciais de rebenque. Foge o estudante, quase debaixo das patas dos cavalos. Escapa para os arrabaldes mais distantes. Atravessa duas vias férreas, ou duas vezes a mesma via. Escala o muro de um jardim malcuidado com uma torre circular ao fundo. Uma matilha de cães cor de lua (*a lean and evil mob of mooncoloured hounds*) surge dos roseirais negros. Acossado, busca proteção na torre. Sobe por uma escada de ferro — faltam alguns lanços — e no terraço lá em cima, que tem um poço retinto no centro, dá com um homem esquálido, que está urinando vigorosamente, de cócoras, à luz da lua. Esse homem conta a ele que sua profissão é roubar os dentes de ouro dos cadáveres vestidos de branco que os pársis abandonam naquela torre. Diz outras coisas vis e menciona que há catorze noites não se purifica com bosta de búfalo. Fala com rancor evidente de certos ladrões de cavalos de Guzerate, "comedores de cachorros e de lagartos, homens afinal tão infames quanto nós dois". Está clareando o dia: no ar há um voo baixo de abutres gordos. O estudante, aniquilado, adormece; quando acorda, já com o sol bem alto, o ladrão desapareceu. Também desapareceram um par de charutos de Trichinópolis e algumas rupias de prata. Diante das ameaças projetadas pela noite anterior, o estudante decide perder-se na Índia. Pensa que foi capaz de matar um idólatra, mas não de saber com certeza se o muçulmano tem mais razão do que o idólatra. O nome Guzerate não lhe sai da cabeça, nem o de uma *malka-sansi* (mulher da casta dos ladrões) de Palanpur, muito presente nas imprecações e no ódio do despojador de cadáveres. Conclui que o rancor de um homem tão minuciosamente vil significa um elogio. Resolve — sem maior esperança — ir em busca da mulher. Reza e empreende com segura lentidão o longo caminho. Assim acaba o segundo capítulo da obra.

É impossível acompanhar as peripécias dos dezenove restantes. Há uma pululação vertiginosa de *dramatis personae* — para não falar de uma biografia que parece esgotar os movimentos do espírito humano (que vai da infâmia à especulação matemática) e de uma peregrinação que abrange a vasta geografia do Hindustão. A história iniciada em Bombaim prossegue nas terras baixas de Palanpur, detém-se por uma tarde e uma noite na porta de pedra de Bikanir, narra a morte de um astrólogo cego numa cloaca de Benares, conspira no palácio multiforme de Katmandu, ora e fornica no fedor pestilencial de Calcutá, no Machua Bazar, contempla o nascimento dos dias sobre o mar do escritório de um escrivão em Madras, contempla a morte das tardes sobre o mar de uma sacada no estado de Travancor, vacila e mata em Indapur e encerra sua órbita de léguas e de anos na mesma cidade de Bombaim, a poucos passos do jardim dos cachorros cor de lua. O argumento é este: Um homem, o estudante incrédulo e fugitivo que conhecemos, vai parar no meio de pessoas do tipo mais vil e se adapta a elas, numa espécie de concurso de infâmias. De repente — com o milagroso espanto de Robinson ao ver a marca de um pé humano na areia — percebe algum alívio dessa infâmia: uma ternura, uma exaltação, um silêncio, num dos homens odiosos. "Foi como se eu tivesse travado diálogo com um interlocutor mais complexo." Sabe que o homem vil que está conversando com ele é incapaz de ter esse decoro passageiro; daí conclui que o homem refletiu um amigo, ou o amigo de um amigo. Ao repensar o problema, chega a uma convicção misteriosa: *Em algum ponto da terra existe um homem que é a fonte dessa claridade; em algum ponto da terra está o homem que é igual a essa claridade.* O estudante resolve dedicar a vida a encontrá-lo.

Já podemos adivinhar o argumento geral: a busca incansável de uma alma através dos delicados reflexos que essa alma deixou em outras: no início, o tênue rastro de um sorriso ou de uma palavra; no fim, esplendores diversos e crescentes da razão, da imaginação e do bem. À medida que os homens interrogados conhecem Almotásim mais de perto, sua porção divina vai aumentando, mas entende-se que eles são meros espelhos. O tecnicismo matemático é aplicável: o denso romance de Bahadur é uma progressão ascendente cujo termo final é o pressentido "homem que se chama Almotásim". O antecessor imediato de Almotásim é um livreiro persa extremamente cortês e feliz; o antecessor desse livreiro é um santo... Com o passar dos anos, o estudante chega a uma galeria "que no fundo tem uma porta e uma esteira barata com muitas contas e atrás um clarão". O estudante bate palmas uma vez e mais outra e pergunta por Almotásim. Uma voz de homem — a voz incrível de Almotásim — convida-o a entrar. O estudante descerra a cortina e avança. Nesse ponto o romance chega ao fim.

Se não me engano, a boa execução desse argumento impõe duas obrigações ao escritor: uma, a matizada invenção de traços proféticos; outra, a de que o herói prefigurado por esses traços não seja uma mera convenção ou fantasma. Bahadur satisfaz a primeira; não sei até que ponto satisfaz a segunda. Em outras palavras: o inaudito e não contemplado Almotásim deveria deixar-nos a impressão de um caráter real, e não de uma desordem de superlativos insípidos. Na versão de 1932, as notas sobrenaturais vão rareando: "o homem chamado Almotásim" tem seu quê de símbolo, mas não carece de traços idiossincráticos, pessoais. Infelizmente, esse bom comportamento literário não durou. Na versão de 1934 — a que tenho diante dos olhos — o romance se afoga em alegorias: Almotásim é símbolo de Deus e os itinerários pontuais do herói são, de alguma maneira, os avanços da alma na ascensão mística. Há pormenores aflitivos: um judeu negro de Cochim que fala de Almotásim diz que sua pele é escura; um cristão o descreve sobre uma torre, de braços abertos; um lama vermelho lembra-se dele sentado "como esta imagem de manteiga de iaque que eu modelei e adorei no monastério de Tashilhunpo". Essas declarações querem insinuar um Deus unitário, que se adapta às desigualdades humanas. A ideia é pouco estimulante, a meu ver. O mesmo não direi desta outra: a conjectura de que o Todo-Poderoso também esteja em busca de Alguém, e esse Alguém, de Alguém superior (ou simplesmente imprescindível e igual), e assim até o Fim — ou melhor, o Sem-Fim — do Tempo, ou de forma cíclica. Almotásim (o nome daquele oitavo abássida que venceu oito batalhas, engendrou oito homens e oito mulheres, deixou oito mil escravos e reinou durante um período de oito anos, oito luas e oito dias) significa etimologicamente "o buscador de proteção".

Na versão de 1932, o fato de que o objeto da peregrinação fosse um peregrino justificava de maneira oportuna a dificuldade de encontrá-lo; na de 1934, enseja a teologia extravagante que mencionei. Mir Bahadur Ali, como vimos, é incapaz de resistir à mais estúpida das tentações da arte: a de ser um gênio.

Releio o que antecede e temo não ter destacado suficientemente as virtudes do livro. Há traços muito civilizados: por exemplo, certa polêmica do capítulo dezenove na qual se pressente que um contendor que não rebate os sofismas do outro "para não ter razão de maneira triunfal" é amigo de Almotásim.

Entende-se que seja honroso que um livro atual derive de outro, antigo; já que ninguém gosta (como disse Johnson) de dever nada a seus contemporâneos. Os repetidos mas insignificantes pontos de contato do *Ulisses* de Joyce com a *Odisseia* homérica continuam merecendo — jamais saberei por quê — a atordoada admiração da crítica; os do romance de Bahadur com o venerado *Colóquio dos pássaros*, de Farid ud-din Attar, conhecem o aplauso não menos misterioso de Londres, e também de Alahabad e Calcutá. Não faltam outras derivações. Houve um pesquisador que enumerou certas analogias entre a primeira cena do romance com o relato de Kipling "On the City Wall"; Bahadur as admite, mas alega que seria muito anormal que duas pinturas da décima noite de *muharram* não coincidissem... Eliot, com mais justiça, relembra os setenta cantos da incompleta alegoria *The Faërie Queene*, nos quais a heroína, Gloriana, não aparece nem uma única vez — como aponta uma censura de Richard William Church. Eu, com toda a humildade, aponto um precursor remoto e possível: o cabalista de Jerusalém, Isaac Luria, que no século XVI afirmou que a alma de um antepassado ou professor pode entrar na alma de um infeliz para confortá-lo ou instruí-lo. *Ibbûr* é o nome dessa variedade da metempsicose.[1]

1 Ao longo deste apanhado, referi-me ao *Mantiq al-Tayr* (Colóquio dos pássaros) do místico persa Farid al-Din Abu Talib Muhammad ben Ibrahim Attar, morto pelos soldados de Tule, filho de Zingis Jan, quando Nishapur foi espoliada. Talvez não dê conta de resumir o poema. O remoto rei dos pássaros, o Simurg, deixa cair uma pena maravilhosa no centro da China; os pássaros resolvem ir em busca dele, cansados de sua antiga anarquia. Sabem que o nome de seu rei significa trinta pássaros; sabem que seu alcáçar se situa em Kaf, a montanha circular que rodeia a terra. Empreendem a aventura quase infinita: vencem sete vales, ou mares; o nome do penúltimo deles é Vertigem; o último se chama Aniquilação. Muitos peregrinos desertam; outros perecem. Trinta, purificados pelos trabalhos, chegam à montanha de Simurg. Contemplam-no, finalmente: percebem que eles são o Simurg e que o Simurg é cada um deles e todos. (Plotino — *Enéadas*, V, 8, 4 — também declara uma extensão paradisíaca do princípio de identidade: "Tudo, no céu inteligível, está em toda parte. Qualquer coisa é todas as coisas. O sol é todas as estrelas, e cada estrela é todas as estrelas e o sol".) O *Mantiq al-Tayr* foi traduzido para o francês por Garcin de Tassy; para o inglês por Edward FitzGerald; para esta nota consultei o décimo volume d'*As mil e uma noites* de Burton e a monografia *The Persian Mystics: Attar* (1932), de Margaret Smith.

Os pontos de contato desse poema com o romance de Mir Bahadur Ali não são tantos assim. No vigésimo capítulo, algumas palavras atribuídas por um livreiro persa a Almotásim são, talvez, a ampliação de outras que o herói pronunciou; essa e outras analogias ambíguas podem significar a identidade daquele que busca e daquele que é buscado; podem também significar que aquele influi neste. Outro capítulo insinua que Almotásim é o "hindu" que o estudante acredita ter matado.

Um estudo preciso e fervoroso dos outros gêneros literários levou-me a crer que o desacato e o gracejo valem, necessariamente, um pouco mais. O agressor (pensei) sabe que o agredido será ele, e que "toda palavra que pronuncie poderá ser invocada contra ele", como reza a franca advertência dos policiais da Scotland Yard. Esse temor o obrigará a um zelo muito maior do que o adotado em ocasiões mais confortáveis. Ele pretenderá ser invulnerável, e em determinadas páginas o será. O cotejo entre as boas indignações de Paul Groussac e seus panegíricos turvos — para não citar os casos análogos de Swift, Johnson e Voltaire — inspirou ou ajudou essa suposição. Ela se dissipou quando troquei a leitura deleitosa desses escárnios pela pesquisa de seu método.

De saída, percebi uma coisa: a verdade fundamental e o erro sutil de minha conjectura. O gracejador age com grande cuidado, de fato, mas é o cuidado do jogador que acata o mundo imaginário do baralho, seu corruptível céu constelado de pessoas bicéfalas. Três reis mandam no pôquer e nada significam no truco. O polemista não é menos convencional. Quanto ao restante, as receitas populares de ofensa oferecem uma ilustrativa *maquette* do que a polêmica pode ser. O homem da esquina da Corrientes com a Esmeralda adivinha a mesma profissão nas mães de todos, ou quer que todos se mudem imediatamente para uma localidade muito genérica e que tem vários nomes, ou arremeda um ruído indelicado — e uma convenção insensata concluiu que o ofendido por essas aventuras não é ele, mas o atento e silencioso público.

Nem mesmo uma linguagem é necessária. Morder o próprio polegar ou tomar o lado da parede (Sampson: *I will take the wall of any man or maid of Montague's.* Abram: *Do you bite your thumb at us, sir?*) eram, por volta de 1592, a moeda legal do provocador na Verona fraudulenta de Shakespeare e nas cervejarias e bordéis e nas rinhas de urso de Londres. Nas escolas do Estado, o apito catalão e a exibição da língua cumprem essa função.

Outra difamação muito usada é o termo *cachorro*. Na noite 146 do *Livro das mil noites mais uma*, os discretos podem ficar sabendo que o filho do leão foi trancafiado num cofre sem saída pelo filho de Adão, que o repreendeu deste modo: "O destino te derrubou e a cautela não te erguerá, ó cachorro do deserto!".

Um alfabeto convencional do desacato define também os polemistas. O título *senhor*, de omissão imprudente ou irregular no contato oral dos homens, torna-se ofensivo quando o imprimem. Outra aniquilação é *doutor*. Mencionar os sonetos *cometidos* pelo *doutor* Lugones equivale a medi-los mal para sempre, a refutar cada uma de suas metáforas. À primeira aplicação de *doutor* morre o semideus e fica um inconsistente cavalheiro argentino que usa colarinhos postiços de cartolina, que visita o barbeiro em dias alternados e que pode falecer em decorrência de uma obstrução das vias respiratórias. Resta a central e incurável futilidade de todo ser humano. Mas os sonetos também restam, com música de fundo. (Um italiano, para ver-se livre de Goethe, deu a público um breve artigo em que não se cansava de chamá-lo de *il signore Wolfgang*. Isso era quase uma adulação, pois equivalia a desconhecer que não faltam argumentos autênticos contra Goethe.)

Cometer um soneto, dar a público um artigo. A língua é um repertório desses desaforos convenientes, que são o principal investimento nas controvérsias. Dizer que um literato expeliu um livro, ou que o cozinhou ou grunhiu, é uma tentação fácil demais; melhor usar os verbos burocráticos ou comerciais: despachar, dar curso, despender. Essas palavras áridas se combinam com outras efusivas, e a vergonha do adversário é eterna. A uma interrogação sobre um leiloeiro que era, ao mesmo tempo, declamador, alguém inevitavelmente comunicou que ele estava arrematando com energia a *Divina comédia*. O epigrama não é estonteantemente engenhoso, mas seu mecanismo é típico. Trata-se (como em todos os epigramas) de uma mera falácia de confusão. O verbo *arrematar* (reforçado pelo advérbio *energicamente*) deixa entender que o indigitado senhor é um leiloeiro irreparável e sórdido, e que sua diligência dantesca é um disparate. O ouvinte aceita o argumento sem vacilar, porque ele não é apresentado como argumento. Bem formulado, teria de recusar-lhe seu crédito. Primeiro, declamar e leiloar são atividades afins. Segundo, a antiga vocação de declamador talvez tenha contribuído positivamente para as tarefas do leiloeiro, graças ao bom exercício de falar em público.

Uma das tradições satíricas (não desprezada nem por Macedonio Fernández nem por Quevedo nem por George Bernard Shaw) é a inversão incondicional dos termos. De acordo com essa receita famosa, o médico é inevitavelmente acusado de praticar a contaminação e a morte; o escrivão, de roubar; o carrasco, de fomentar a longevidade; os livros de ficção, de adormecer ou petrificar o leitor; os judeus errantes, de paralisia; o alfaiate, de nudismo; o tigre e o canibal, de devorar ruibarbos. Uma das linhagens dessa tradição é o dito inocente. Por exemplo: "O festejado catre de campanha debaixo do qual o general ganhou a batalha". Ou: "Um encanto, o último filme do talentoso diretor René Clair. Quando nos acordaram...".

Outro método útil é a mudança abrupta. Por exemplo: "Um jovem sacerdote da Beleza, uma cabeça impregnada de luz helênica, um refinado, um verdadeiro homem de gosto (de rato)". E também esta *copla* da Andaluzia, que num segundo passa da informação ao assalto:

Veinticinco palillos
tiene una silla.
Quieres que te la rompa
en las costillas?

É um exemplo do procedimento formal desse jogo, seu contrabando insistente de argumentos necessariamente confusos. Abraçar realmente uma causa e prodigalizar os exageros burlescos, as falsas caridades, as concessões enganadoras e o paciente desdém não são atividades incompatíveis, só que tão diferentes entre si que ninguém as conjugou até agora. Procuro exemplos ilustres. Dedicado à demolição de Ricardo Rojas, o que faz Groussac? Isso que copio e que todos os literatos de Buenos Aires já tiveram de engolir. "Assim é que, por exemplo, depois de ouvidos com resignação, dois ou três fragmentos em prosa empolada de certo catatau aplaudido publicamente por pessoas que mal o abriram, considero-me autorizado a não prosseguir, atendo-me, por enquanto, aos sumários ou índices daquela copiosa história do que organicamente nunca existiu. Refiro-me particularmente à primeira parte, a mais indigesta do trambolho (ocupa três dos quatro volumes): balbucios de indígenas ou mestiços..." Groussac, nesse belo mau humor, desempenha o ritual mais ansioso do jogo satírico. Faz de conta que sente pena dos erros do adversário ("depois de ouvidos com resignação"); deixa entrever o espetáculo de uma cólera brusca (primeiro a palavra *catatau*, depois *trambolho*); recorre a termos laudatórios para agredir ("daquela *copiosa* história"), enfim, joga à sua maneira. Não comete pecados na sintaxe, que é eficaz, mas comete-os no argumento que aponta. Reprovar um livro pelo tamanho, insinuar que é impossível alguém se animar a abrir aquele tijolo, e acabar manifestando indiferença pelas tolices de alguns índios e alguns mulatos parece uma resposta de malandro, não de Groussac.

Copio outra famosa severidade do mesmo escritor: "Sentiríamos que a circunstância de o arrazoado do doutor Piñero ter sido posto à venda fosse um obstáculo sério à sua difusão, e que esse amadurecido fruto de um ano e meio de vagar diplomático se limitasse a causar 'impressão' na casa de Coni. Isso não acontecerá, com o favor de Deus, e, pelo menos enquanto depender de nós, seu melancólico destino não se realizará". Mais uma vez o recurso à piedade; mais uma vez a diabrura da sintaxe. Mais uma vez, também, a banalidade portentosa da censura: rir dos poucos interessados que um escrito é capaz de reunir e de sua elaboração pausada.

A origem tenebrosa da sátira pode invocar uma justificativa elegante para essas misérias. A sátira (de acordo com a certeza mais recente) derivou das maldições mágicas da ira, e não de reflexões. É a relíquia de um estado inverossímil, em que as lesões praticadas sobre o nome recaem sobre o seu detentor. O anjo Satanail, primogênito rebelde do Deus adorado pelos bogomilos, teve a partícula *il* amputada do nome; era ela que assegurava sua coroa, seu esplendor e sua previsão. Hoje a casa dele é o fogo, e seu hóspede é a ira do Poderoso. Inversamente narram os cabalistas que a semente do remoto Abraão era estéril até que se interpolou em seu nome a letra *he*, que o tornou capaz de engendrar. Swift, homem de amargura essencial, empreendeu, na crônica das viagens do capitão Lemuel Gulliver, a difamação do gênero humano. As primeiras delas — a viagem à diminuta república de Lilliput e a viagem à desmesurada república de Brobdingnag — são o que Leslie Stephen diz que são: um sonho antropométrico que não chega nem perto das complexidades de nosso ser, de seu fogo e de sua álgebra. A terceira, a mais divertida, zomba da ciência experimental recorrendo ao arquissabido procedimento da inversão: os desordenados laboratórios de Swift querem distribuir pelo mundo ovelhas sem lã, utilizar gelo para fabricar pólvora, amolecer o mármore para fazer almofadas, malhar o fogo para dar-lhe a forma de lâminas finíssimas e aproveitar a parte nutritiva contida na matéria fecal. (Esse livro também inclui uma página de peso sobre os inconvenientes da decrepitude.) A quarta viagem, a última, pretende demonstrar que os animais valem mais que os homens. Exibe uma virtuosa república de cavalos conservadores, monógamos, ou seja, humanos, com um proletariado de homens quadrúpedes que vivem em manadas, escarvam a terra, penduram-se no úbere das vacas para roubar o leite, despejam seus excrementos sobre os outros, devoram carne podre e fedem. A fábula é contraproducente, como se vê. O resto é literatura, sintaxe. Na conclusão, afirma: "Não me canso de assistir ao espetáculo de um advogado, de um ladrão, de um coronel, de um tolo, de um lorde, de um trapaceiro, de um político, de um rufião". Certas palavras, nessa bela enumeração, estão contaminadas por suas vizinhas.

Dois exemplos finais. Um é o da famosa paródia de insulto que, ao que nos contam, foi improvisada pelo doutor Johnson. "Sua esposa, cavalheiro, com o pretexto de que trabalha num bordel, vende artigos contrabandeados." Outro é a injúria mais fantástica que conheço: injúria tanto mais singular se considerarmos que é o único contato de seu autor com a literatura. "Os deuses não consentiram que Santos Chocano desonrasse o patíbulo, morrendo nele. Anda por aí, vivo, depois de ter extenuado a infâmia." Desonrar o patíbulo. Extenuar a infâmia. À força de abstrações ilustres, a fulminação desfechada por Vargas Vila repele todo trato com o paciente, e o deixa ileso, inverossímil, muito secundário e possivelmente imoral. Basta a menção mais fugaz do nome de Chocano para que alguém reconstrua a imprecação, ensombrecendo com maligno esplendor tudo quanto a ele diga respeito — até os pormenores e os sintomas dessa infâmia.

Trato de resumir o que antecede. A sátira não é menos convencional do que um diálogo entre namorados ou do que um soneto homenageado com a flor natural por José María Monner Sans. Seu método é a introdução de sofismas e sua única lei é a invenção simultânea de boas traquinadas. Já ia esquecendo: tem, ainda, a obrigação de ser memorável.

Vejamos certa réplica varonil mencionada por De Quincey (*Writings*, volume onze, p. 226). No decorrer de uma discussão teológica ou literária, lançaram um copo de vinho no rosto de um cavalheiro. O agredido não se abalou e disse ao ofensor: "Isso, senhor, é uma digressão. Estou à espera de seu argumento". (O protagonista dessa réplica, um certo doutor Henderson, faleceu em Oxford por volta de 1787, sem deixar-nos nada que o recorde além dessas justas palavras: bela e suficiente imortalidade.)

Uma tradição oral que recolhi em Genebra durante os últimos anos da Primeira Guerra Mundial conta que Miguel Servet disse aos juízes que o haviam condenado a morrer na fogueira: "Arderei, mas isso não passa de um fato. Em breve retomaremos nossa discussão na eternidade".

Adrogué, 1933

Esta obra foi composta em
Walbaum por warrakloureiro,
e impressa em ofsete pela
RR Donnelley sobre papel
Pólen Bold da Suzano Papel
e Celulose para a Editora Schwarcz
em setembro de 2010